LAURA INGALLS WILDER

LA PETITE MAISON DANS LA PRAIRIE

tome 1

traduit de l'anglais (États-Unis) par Hélène Seyrès

Illustrations de Garth Williams

Castor Poche Flammarion

Laura Ingalls Wilder

Née aux États-Unis en 1867, dans une cabane de rondins du Wisconsin, Laura Ingalls Wilder connut pendant toute son enfance les pérégrinations propres aux familles de pionniers. D'abord installée dans les régions boisées du Wisconsin, la famille Ingalls voyagera en chariot bâché en direction de l'Ouest, à travers le Wisconsin, le Kansas, le Minnesota et le Dakota. Dans les années 1930, elle entreprit de raconter son enfance et sa jeunesse dans l'Ouest américain, au temps des pionniers. Savait-elle alors qu'elle écrivait l'un de ces grands livres dans lesquels, génération après génération, les êtres les plus divers peuvent trouver matière à enchantement et à réflexion ? Très populaire aux États-Unis depuis sa publication en 1935, cette série en huit volumes a été adaptée par la télévision américaine et déjà diffusée plusieurs fois en France.

Hélène Seyrès

La traductrice vit à la campagne dans une maison blanche, entourée d'un jardin plein de fleurs et de fruits, non loin d'un groupe scolaire dont les élèves lui rendent volontiers visite, car il lui arrive souvent de demander aux classes leur avis sur les textes qu'elle prépare. Au siècle dernier et au début de celui-ci, plusieurs membres de sa famille ont voyagé et longtemps vécu en Angleterre ou dans les trois Amériques. Ceci lui a donné envie de mieux connaître ces pays, en particulier l'Ouest américain, et l'a incitée à reprendre des études d'anglais à Paris.

Elle transpose tour à tour en français des romans, livres d'art ou d'histoire pour les adultes, des albums pour les jeunes lecteurs et des récits ou des romans pour les adolescents. De tous les personnages qu'elle a rencontrés, c'est toutefois ceux de Laura Ingalls, de sa famille et d'Almanzo Wilder, les héros de *La petite maison dans la prairie* qui lui sont les plus chers, car elle les a suivis dans trois des volumes de cette série. Comme vous, elle aimerait beaucoup les accompagner...

Garth Williams

Il a réalisé les illustrations intérieures, extraites de l'édition américaine de 1953. Remarquables par leur exactitude et leur pouvoir d'évocation, ces dessins ont demandé dix ans de recherches et de travail à l'auteur pour en parfaire la réalisation.

La série **La petite maison dans la Prairie** *constitue les souvenirs authentiques de Laura, tels qu'elle les a racontés bien des années plus tard. Ces souvenirs décrivent la vie de pionnier de la famille Ingalls dans la Jeune Amérique de la période 1870-1890.*

CHAPITRE 1

VERS L'OUEST

Il y a très longtemps, quand tous les grands-pères et toutes les grands-mères n'étaient que des petits garçons ou des petites filles, ou même de très petits bébés, s'ils étaient déjà nés, Papa, Maman, Marie, Laura et Bébé Carrie quittèrent la petite maison où ils vivaient, dans les grands bois du Wisconsin. Ils montèrent dans un chariot bâché et l'abandonnèrent, solitaire et vide, au cœur de sa clairière cernée par les grands arbres. Ils ne devaient plus jamais revoir cette petite maison.

Ils s'en allaient vivre au loin, en pays indien.

Papa disait qu'il y avait trop de gens, dans les grands bois, à présent. Laura, pour sa part, entendait souvent résonner le bruit sourd d'une hache qui n'était pas celle de Papa ou l'écho d'un coup de fusil qui n'était pas le sien. Le sentier qui longeait la petite maison était devenu une large piste. Chaque jour ou presque, Laura et Marie s'arrêtaient de jouer et regardaient, surprises, un chariot y passer lentement en grinçant.

Les animaux sauvages ne voulaient plus rester dans un pays où il y avait tant d'hommes. Papa n'avait pas envie d'y rester, lui non plus. Ce qui lui plaisait, c'était une contrée où le gibier vivait sans avoir tout à redouter. Il aimait apercevoir les petits faons et leurs mères, qui le suivaient des yeux dans l'ombre des bois, ou les gros ours paresseux qui se régalaient de baies sauvages.

Durant les longues soirées d'hiver, il évoquait, pour Maman, les régions de l'Ouest. Là-bas se déroulaient d'immenses plaines et il n'y avait pas d'arbres. L'herbe y poussait haute et drue. Les animaux sauvages les parcouraient en tous sens et s'y nourrissaient comme s'ils se trouvaient dans un pâturage dont l'œil de l'homme ne pouvait pas distinguer les limites ; et il n'y avait pas de fermiers. Seuls, les Indiens y vivaient.

Un beau jour, tout à la fin de l'hiver, Papa déclara à Maman :

— Comme tu ne t'y opposes pas, j'ai décidé de partir dans l'Ouest. On m'a fait une offre pour cette maison et nous en obtiendrons autant maintenant que nous pourrons jamais l'espérer. Cela nous permettra de repartir du bon pied dans une nouvelle région.

— Oh, Charles, dit Maman, faut-il que nous partions déjà?

Il faisait encore bien froid et la chaude petite maison était très confortable.

— Si nous voulons partir cette année, il nous faut partir dès à présent, lui répondit Papa. Nous ne pourrons plus franchir le Mississipi après la débâcle.

Voilà donc comment Papa vendit la petite maison. Il vendit aussi la vache et le veau. Il prépara des arceaux de noyer et les dressa sur la caisse du chariot. Maman l'aida à tendre la toile blanche par-dessus.

Au petit matin, alors qu'il faisait encore sombre, Maman secoua doucement Marie et Laura pour les faire lever. A la lumière du feu et de la bougie, elle fit leur toilette, les peigna et les vêtit chaudement. Elle leur mit leurs jupons, leurs robes et leurs longs bas de laine par-dessus leurs longs sous-vêtements de flanelle rouge. Elle leur enfila leurs manteaux, leurs bonnets de peau de lapin et leurs mitaines de laine rouge.

Tous les objets de la petite maison avaient été empilés dans le chariot, à l'exception des lits, des tables et des chaises. Ils n'avaient pas besoin de les emporter, car Papa leur en fabriquerait d'autres à l'arrivée.

Le sol était couvert d'une mince couche de neige. Il faisait froid et noir, mais il n'y avait pas de vent. Les silhouettes des arbres dénudés se dessinaient avec netteté sous les étoiles, plus brillantes dans l'air glacé. A l'est pourtant, le ciel pâlissait, et par les bois gris, on voyait approcher les lanternes, puis les chariots et les chevaux de Grand-père, Grand-mère, des tantes, des oncles et des cousins.

Marie et Laura, qui serraient contre leur cœur leurs poupées de chiffons, ne dirent mot. Les cousins les entourèrent et se contentèrent de les dévisager. Grand-mère et toutes les tantes les prirent dans leurs bras, les embrassèrent, les étreignirent, puis les embrassèrent à nouveau pour leur dire au revoir.

Papa suspendit son fusil aux arceaux du chariot, sous la bâche, là où il lui serait facile de l'atteindre rapidement quand il serait sur le siège. Il suspendit son sac à balles et sa corne à poudre au-dessous. Il déposa avec précaution la boîte à violon entre les coussins pour protéger l'instrument des cahots.

Les oncles l'aidèrent à atteler les chevaux. On ordonna à tous les cousins d'embrasser Marie et Laura, aussi s'exécutèrent-ils. Papa prit Marie, puis Laura dans ses bras et les déposa sur le lit, à l'arrière du chariot. Il aida Maman à grimper sur le siège et Grand-Maman lui tendit Bébé Carrie. Papa se hissa à son tour et prit place à côté de Maman. Jack, le bouledogue tacheté, alla prendre place sous le chariot.

C'est ainsi qu'ils abandonnèrent la petite maison de rondins. Les volets, posés sur les fenêtres, empêchèrent la petite maison de les regarder partir. Elle demeura là, entourée de sa

palissade, derrière les deux grands chênes qui, l'été, avaient offert à Marie et à Laura les toits verts sous lesquels elles avaient joué. Puis ils dirent adieu à la petite maison.

Papa promit à Laura de lui montrer un papoose, quand ils seraient arrivés dans l'Ouest.

— Qu'est-ce que c'est qu'un papoose? lui demanda-t-elle.

— Un papoose, c'est un petit bébé Indien, tout brun, lui répondit-il.

Ils roulèrent longtemps dans les bois enneigés avant d'atteindre la ville de Pépin. Marie et Laura y étaient déjà venues une fois, mais la ville leur parut avoir un aspect très différent, ce jour-là. La porte du magasin et celles de toutes les maisons étaient closes, les barrières étaient couvertes de neige et les petits enfants ne jouaient plus dehors. De grands cordeaux de bois étaient empilés à l'intérieur des barrières. On ne voyait que deux ou trois hommes, bottés, coiffés de bonnets de fourrure et vêtus de manteaux écossais aux couleurs vives.

Maman, Laura et Marie mangèrent du pain et de la mélasse dans le chariot; les chevaux, le maïs de leur musette, tandis que Papa allait échanger ses fourrures au magasin contre tout ce dont ils auraient besoin pour le voyage. Ils ne pouvaient rester longtemps en ville, car il leur fallait traverser le lac le jour même.

L'immense lac s'étendait, plat, lisse et blanc jusqu'à l'horizon que bornait un ciel gris. Les traces laissées par les chariots à la surface se poursuivaient si loin qu'on ne pouvait deviner jusqu'où elles allaient. Elles semblaient ne finir nulle part.

Papa engagea le chariot sur la glace dans les traces de ceux qui l'avaient précédé. Les sabots des chevaux rendaient un son mat, alors que les roues crissaient. Le bourg, derrière eux, s'amenuisa de plus en plus et la haute bâtisse du magasin finit par n'être plus qu'un point. Il n'y eut plus autour d'eux qu'une immense étendue, où régnait le silence. Laura se sentit mal à l'aise. Papa, pourtant, était sur le siège du chariot et Jack, au-dessous. Elle savait que rien ne pourrait lui arriver, tant que Papa et Jack seraient là.

Au bout d'un très long temps, le chariot grimpa une rive de terre et à nouveau, il y eut des arbres. Une petite maison en rondins se dressait au milieu de ces arbres. Laura se sentit soulagée.

Nul ne vivait dans cette petite maison : c'était un endroit où l'on pouvait camper. Cette cabane avait quelque chose de bizarre, avec sa grande cheminée et ses grossières couchettes fixées contre tous les murs. Mais une fois que Papa eut allumé un feu dans la cheminée, il y fit chaud. Cette nuit-là, Marie, Laura et Bébé Carrie dormirent avec Maman dans un lit improvisé sur le plancher, près du feu, pendant que Papa dormait dehors dans le chariot, pour le garder, ainsi que les chevaux.

Au milieu de la nuit, un bruit surprenant éveilla Laura. On aurait dit un coup de fusil, mais c'était tout à la fois plus sec et plus prolongé. Elle l'entendit encore et encore. Marie et Carrie dormaient, mais Laura ne se rendormit qu'après avoir entendu Maman lui souffler dans le noir :

— Rendors-toi, Laura. Ce n'est que la glace qui se brise.

Le lendemain matin, Papa remarqua :

— Il est heureux que nous ayons traversé hier, Caroline. Je ne serais pas surpris si la glace se rompait aujourd'hui. Nous avons traversé

tard dans la saison et nous avons eu de la chance que la débâcle n'ait pas commencé quand nous étions encore au beau milieu.

— Cette idée m'était venue hier, Charles, lui répondit doucement Maman.

Cette idée n'était pas venue à Laura auparavant, mais à présent qu'elle y songeait, elle se demandait ce qui se serait passé si jamais la glace s'était rompue sous les roues du chariot et qu'ils se soient tous enfoncés dans l'eau froide, au milieu de ce vaste lac.

— Tu inquiètes quelqu'un, Charles, prévint Maman.

Papa serra très fort Laura contre sa large poitrine, et là, elle se sentit en sécurité.

— Nous voilà de l'autre côté du Mississipi! s'écria-t-il, en l'étreignant, tout joyeux. Qu'est-ce que tu dis de ça, ma petite chope de cidre doux à moitié bue? Est-ce que ça te plaît d'aller dans l'Ouest, là où vivent les Indiens?

Laura reconnut que ça lui plaisait, puis elle demanda s'ils se trouvaient déjà au pays des Indiens. Ils ne l'avaient pas atteint, pourtant. Ils étaient au Minnesota.

Le Territoire indien était encore très, très loin de là Chaque jour ou presque, les chevaux avançaient autant qu'ils le pouvaient Chaque soir ou presque, Papa et Maman campaient en un nouvel endroit. Ils devaient parfois demeurer plusieurs jours en un point donné, parce qu'une rivière était en crue et qu'il leur fallait attendre la baisse du niveau des eaux pour la traverser. Ils franchirent un si grand nombre de rivières qu'ils en perdirent le compte. Ils découvrirent des bois et des collines d'aspect inhabituel et une contrée qui les dépaysa plus encore, car il n'y poussait pas d'arbres. Ils traversèrent des rivières sur de longs ponts de bois, puis ils arrivèrent au bord d'un large fleuve jaune qui n'avait pas de pont.

C'était le Missouri. Papa engagea le chariot sur un radeau et ils demeurèrent tous bien à leur place, tandis que le radeau quittait en tanguant la terre ferme et franchissait avec lenteur toute cette étendue d'eau, où roulaient des boues jaunes.

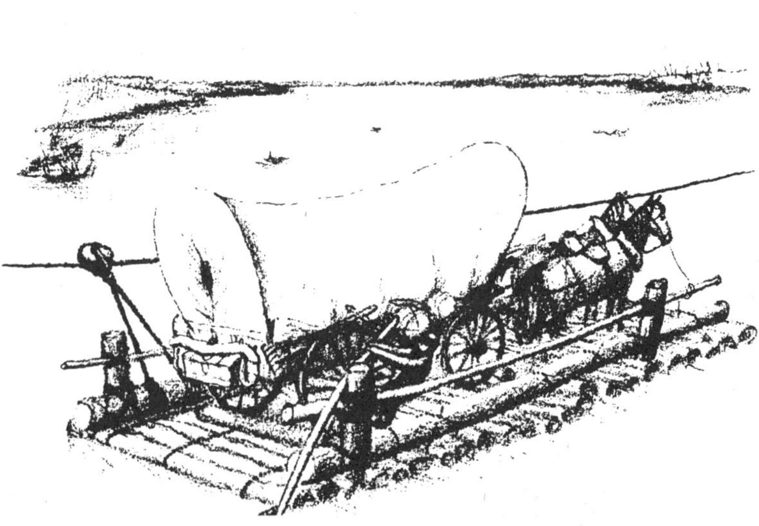

Après bien des jours, ils rencontrèrent à nouveau des collines. Au fond d'une vallée, le chariot s'enlisa dans une épaisse boue noire. La pluie tombait à verse, le tonnerre grondait et les éclairs se succédaient. Ils ne trouvèrent aucun lieu pour camper ou pour faire du feu. Tout était humide, froid et déplaisant dans le chariot. Il leur fallut tout de même y demeurer et se contenter de restes froids pour le souper.

Le lendemain, Papa découvrit à flanc de coteau un endroit où camper. La pluie cessa, mais ils durent attendre toute une semaine la fin de la crue et l'assèchement de la boue pour que Papa puisse désembourber le chariot et reprendre la route.

Un jour, durant cette attente, un homme grand et mince sortit des bois, perché sur un

poney noir. Papa et lui échangèrent quelques paroles, puis ils s'enfoncèrent ensemble dans les bois. Quand ils revinrent, tous deux montaient des poneys noirs. Papa venait de troquer ses chevaux bais, trop fatigués, contre ces poneys.

C'étaient de jolis petites bêtes. Papa leur expliqua qu'il ne s'agissait pas de véritables poneys, mais de juments mustangs — des juments sauvages de l'Ouest.

— Elles sont aussi résistantes que des mules et aussi douces que des agneaux, affirma Papa.

Elles avaient de grands yeux tendres, de longues crinières et de longues queues, des jambes minces et des paturons plus petits et plus sûrs que ceux des chevaux des grands bois.

Quand Laura demanda comment elles s'appelaient, Papa répondit qu'elle et Marie pouvaient leur donner des noms. Marie en appela donc une Pet et Laura baptisa l'autre Patty. Quand le rugissement de la rivière eut diminué et que la piste fut plus sèche, Papa sortit le chariot de la boue. Il y attela Pet et Patty, puis ils reprirent la route tous ensemble.

Avec le chariot bâché, ils avaient parcouru le très long chemin qui les avait amenés depuis les grands bois du Wisconsin jusque-là, en passant par le Minnesota, l'Iowa et le Missouri. Tout au long de la route, Jack avait trotté sous le chariot. Ils s'apprêtaient à traverser le Kansas.

Le Kansas était une plaine infinie, couverte de hautes herbes agitées par le vent. Jour après jour, tout au long de leur voyage à travers le Kansas, ils ne voyaient que l'herbe ondoyante et le ciel immense. La voûte du ciel s'incurvait pour former un cercle parfait au-dessus de la plaine et le chariot se trouvait constamment au centre exact de ce cercle.

Tout le jour, Pet et Patty avançaient, au trot, au pas, puis à nouveau au trot, mais elles ne parvenaient pas à les arracher du centre de ce cercle. Quand le soleil se couchait, le ciel s'ourlait de rose, mais ils étaient toujours encerclés. Peu à peu, l'ombre gagnait la terre. Le vent dans l'herbe accentuait l'impression d'isolement qu'ils éprouvaient. Le feu de camp paraissait bien petit et bien perdu au cœur d'un tel espace. Les grandes étoiles, pourtant, semblaient si proches que Laura croyait pouvoir presque les toucher.

Le lendemain, le paysage gardait le même aspect, le ciel était immuable, le cercle ne se modifiait en rien. Laura et Marie étaient lasses de tout. Elles n'avaient rien de neuf à faire, rien de nouveau à découvrir. A l'arrière du chariot, le lit était fait et soigneusement recouvert d'une couverture grise. Laura et Marie y demeuraient assises. La toile du chariot avait été relevée sur les côtés afin que le vent de la prairie puisse y circuler librement. Il fouettait en tous sens les cheveux lisses et bruns de Laura, de même que les boucles dorées de Marie, et la lumière crue leur plissait les paupières.

Parfois, un gros lièvre s'enfuyait en bondissant par-dessus les herbes mouvantes. Jack n'y prêtait pas attention. Le pauvre Jack était fatigué, lui aussi, et ses pattes étaient endolories d'avoir tant voyagé. Le chariot bringuebalait sans cesse, la bâche claquait au vent. La double et légère trace laissée par les roues se dessinait, inchangée, derrière le chariot.

Papa conduisait, tassé sur lui-même. Les rênes demeuraient lâches entre ses mains, le vent agitait sa longue barbe brune. Maman était assise bien droite, en silence, les mains jointes sur les genoux. Bébé Carrie dormait dans un petit nid aménagé au creux des ballots.

— A-a-ah! bâilla Marie.

Laura demanda :

— Maman, est-ce qu'on peut descendre et courir derrière le chariot? Mes jambes sont si engourdies!

— Non, Laura, répondit Maman.

— On va camper bientôt? reprit Laura.

Il lui semblait qu'il s'était passé tant de temps depuis l'heure de midi où ils avaient déjeuné, assis dans l'herbe fraîche, à l'ombre du chariot.

Papa prit la parole :

— Pas encore. Il est trop tôt pour camper.

— J'veux camper maintenant! J'suis si fatiguée! s'écria Laura.

Maman dit simplement

— Laura!

Ce fut tout, mais cela signifiait que Laura ne devait pas se plaindre. Elle n'osa donc plus gémir tout haut, mais elle se sentit toujours en révolte, à l'intérieur d'elle-même. Tout en restant assise, elle chercha des raisons de se prendre en pitié.

Elle avait des crampes dans les jambes et le vent ne cessait de lui souffler dans les cheveux. L'herbe continua à onduler, le chariot à cahoter, et il ne se produisit rien d'autre pendant très longtemps.

— Nous arrivons à une rivière ou à un fleuve, affirma Papa. Les petites filles, voyez-vous ces arbres, là-bas?

Laura se leva et se tint à l'un des arceaux. Loin devant, elle aperçut une tache sombre.

— Ce sont bien des arbres, confirma Papa. C'est la forme des ombres qui le révèle. Dans cette région, la présence des arbres signifie qu'il y a de l'eau. C'est là que nous nous arrêterons pour ce soir.

CHAPITRE 2

LA TRAVERSÉE DE LA RIVIÈRE

Pet et Patty se mirent à trotter avec entrain, comme si elles s'étaient réjouies, elles aussi. Laura, toujours cramponnée à l'arceau, parvenait à rester debout dans le chariot bringuebalant. Au-dessus de l'épaule de Papa et au-delà des vagues d'herbes vertes, elle apercevait les arbres et ils ne ressemblaient à aucun de ceux qu'elle avait vus auparavant. Ils n'étaient pas plus hauts que des buissons.

— Ho! cria Papa. Et maintenant, par où? murmura-t-il.

La piste se divisait à ce point et il était impossible de dire laquelle de ses deux branches avait été la plus roulée. L'une et l'autre conservaient de faibles traces de roues dans l'herbe. L'une se dirigeait vers l'ouest, l'autre descendait légèrement vers le sud. Toutes deux disparaissaient très vite sous les hautes herbes balancées par le vent.

— Il vaut mieux descendre, je crois, décida Papa. La rivière coule quelque part dans cette vallée. Ceci devrait être le chemin qui mène au gué.

Il fit tourner Pet et Patty vers le sud.

La piste descendait et remontait, descendait et remontait encore, en coupant à travers un terrain vallonné. Les arbres étaient plus proches, maintenant, mais ils n'étaient pas plus grands.

Brusquement, Laura sursauta et serra plus fort l'arceau, car presque sous le nez de Pet et de Patty, il n'y avait plus d'herbes ondoyantes, ni même plus de terre du tout. Elle jeta un regard au-delà de l'endroit où la terre prenait fin et par-dessus le sommet des arbres.

La piste tournait là. Elle suivait quelque temps le sommet de la berge, puis dévalait abruptement. Papa mit les freins. Pet et Patty se rejetèrent en arrière et manquèrent s'asseoir. Les roues glissèrent vers l'avant, engageant petit à petit le chariot dans la pente raide. Des escarpements de terre rouge et dénudée l'enserraient, à présent. L'herbe ondoyait à leur sommet, mais rien ne poussait sur leurs flancs ravinés. Laura sentait se réverbérer sur son visage la chaleur qu'elles avaient emmagasinée. Le vent soufflait toujours sur la crête, mais ne descendait pas dans cette profonde faille. Le calme qui y régnait, étrange, évoquait le désert.

Le chariot, enfin, reprit une position normale. L'étroite coulée qu'il avait empruntée s'ouvrait sur le fond de la vallée. C'est là que poussaient les grands arbres dont Laura avait aperçu les cimes depuis la prairie. Des bosquets ombreux succédaient çà et là à des dénivellations couvertes de prairies, et sous leur feuillage, des cerfs, à peine visibles, s'étaient couchés. Ils tournèrent la tête au passage du chariot et des petits faons, curieux, se levèrent pour mieux le voir passer.

Laura était surprise de ne pas apercevoir la rivière, mais la vallée était très large. Ici, en contrebas de la Haute Prairie, les collines douces alternaient avec les plans ouverts et ensoleillés. L'air y était immobile et chaud. Sous les roues du chariot, le sol était meuble. Sur les espaces découverts, baignés de soleil, l'herbe était plus clairsemée, car les cerfs l'avaient broutée.

Durant quelque temps, les hauts versants nus de terre rouge dominèrent l'arrière du chariot, mais quand Pet et Patty s'arrêtèrent pour boire au bord de la rivière, ils étaient presque masqués par les collines et les arbres.

Le bruit de l'eau qui courait montait dans le silence. Tout au long des bords de la rivière, les arbres, penchés sur elle, faisaient paraître l'eau noire en l'ombrageant. Au milieu du lit, elle courait, rapide, toute scintillante d'argent et de bleu.

— Cette rivière est joliment haute, fit Papa. Je crois pourtant que nous réussirons à la traverser. On voit bien qu'il y a un gué, là, avec toutes ces anciennes ornières. Qu'en penses-tu, Caroline?

— Je pense comme toi, Charles, lui répondit Maman.

Pet et Patty relevèrent leurs naseaux humides.

Elles tendirent les oreilles vers l'avant, tout en fixant la rivière, puis elles les couchèrent en arrière pour écouter ce que Papa allait dire. Elles poussèrent un soupir, puis joignirent leur doux nez pour se murmurer quelque chose. Un peu plus en amont, Jack, qui lapait l'eau, montrait sa langue rouge.

— Je vais abaisser la bâche, dit Papa.

Il quitta son siège, déroula les pans de toile et les relia solidement à la caisse du chariot. Puis il tira la corde de l'arrière de manière à ce que la toile fronçât au milieu et qu'il ne demeurât plus qu'une ouverture minuscule, trop petite pour qu'on pût regarder au travers.

Marie se pelotonna sur le lit. Elle n'aimait pas les gués. Elle avait peur de l'eau qui déferlait. Laura, pour sa part, était tout excitée. Elle aimait entendre l'eau rejaillir. Papa remonta sur le siège et déclara :

— Les chevaux devront peut-être nager, là-bas, au milieu. Mais nous y arriverons, Caroline.

Laura songea à Jack et dit :

— Je voudrais bien que Jack monte dans le chariot, Papa.

Papa ne lui répondit pas. Il réunit et serra les rênes entre ses mains.

Maman expliqua :

— Jack sait nager, Laura. Il s'en sortira.

Le chariot s'engagea lentement dans la boue. L'eau se mit à tourbillonner autour des roues. Le bouillonnement se fit plus intense. Le chariot tremblait sous les coups de boutoir de l'eau. Tout à coup, il se souleva, se balança, puis oscilla de droite et de gauche. C'était une impression agréable.

Le bruit cessa et Maman ordonna sèchement :

— Couchez-vous, les petites filles!

Avec la rapidité de l'éclair, Marie et Laura se laissèrent tomber à plat sur le lit. Quand Maman prenait ce ton-là, elles obéissaient sans discuter. D'un bras, Maman tira sur elles une couverture étouffante, qui leur cacha la tête aussi bien que le corps.

— Restez tranquilles, comme vous êtes là. Ne bougez pas! recommanda-t-elle.

Marie ne bougea plus. Elle tremblait sans rien dire. Mais Laura ne pouvait s'empêcher de se tortiller un peu. Elle aurait tant voulu voir ce qui se passait. Elle sentait le chariot tanguer et virer. Elle perçut une fois encore un bruit d'éclaboussures, qui mourut à nouveau. C'est alors que le ton de Papa l'effraya. Il commandait :

— Prends-les, Caroline!

Le chariot fit une embardée. Il y eut soudain un grand bruit de plongeon sur le côté. Laura s'assit et tira sur la couverture pour se dégager.

Papa avait disparu. Maman était seule et tenait fermement les rênes des deux mains. Marie cacha à nouveau son visage dans la couverture, mais Laura se redressa plus encore. Elle n'apercevait toujours pas l'autre bord de la rivière. Devant le chariot, il n'y avait que l'eau qui se ruait à sa rencontre. Et dans l'eau, trois têtes : la tête de Pet, la tête de Patty et la tête à peine visible et toute mouillée de Papa. La main fermée de Papa tenait fermement la bride de Pet.

Laura entendait à peine la voix de Papa au-dessus du déferlement de l'eau. Elle lui paraissait calme et gaie, mais elle ne comprenait pas ce qu'il disait. Il s'adressait aux chevaux. Le visage de Maman était blanc d'inquiétude.

— Couche-toi, Laura, enjoignit Maman.

Laura se recoucha. Elle avait froid et mal au cœur. Elle serrait les paupières, mais elle revoyait encore l'eau menaçante et la barbe brune de Papa, plongée dedans.

Durant un temps qui leur parut très, très long, le chariot fut ballotté et secoué deçà, delà. Marie pleurait sans bruit et Laura avait de plus en plus mal au cœur. Quand enfin les roues touchèrent le sol, le firent crisser, Papa se mit à crier. Le chariot tout entier s'ébranla par saccades et son arrière bascula, mais les roues tournaient sur le sol. Laura s'était une fois de plus relevée et se retenait au siège. Elle vit les dos mouillés de Pet et de Patty s'arquer pour grimper une berge raide. Papa courait à leur côté pour les encourager :

— Hue, Patty! Hue, Pet! Debout! Debout! Allez, mes belles! Ah, les mignonnes!

Parvenues, toutes dégoulinantes d'eau en haut de la berge, elles s'arrêtèrent pour souffler. Sorti intact de cette traversée, le chariot s'immobilisa.

Papa reprenait son souffle, ruisselant d'eau, lui aussi. Maman ne put que gémir :

— Oh, Charles!

— Là, là, Caroline, lui dit-il. Nous sommes tous sains et saufs, grâce à cette bonne caisse de chariot bien étanche et bien reliée à ses essieux. De toute ma vie, je n'ai jamais vu une rivière monter aussi vite. Pet et Patty sont bonnes nageuses, mais j'ai l'impression qu'elles ne seraient pas parvenues de l'autre côté, si je ne les avais pas aidées.

Si Papa n'avait pas su comment s'y prendre, si Maman avait eu trop peur pour diriger l'attelage, si Laura et Marie n'avaient pas été sages et l'avaient tourmentée, ils auraient tous été perdus. La rivière les aurait roulés encore et encore, les aurait emportés et noyés, et nul n'aurait jamais su ce qu'il était advenu d'eux. D'ici plusieurs semaines, personne, peut-être, n'emprunterait cette route.

— Bon, conclut Papa, tout est bien qui finit bien.

Maman lui fit remarquer :

— Charles, tu es trempé jusqu'aux os.

Avant que Papa n'ait pu lui répondre, Laura s'écria :

— Eh! Mais où est donc passé Jack?

Ils avaient oublié l'existence de Jack. Ils l'avaient abandonné de l'autre côté de ce terrifiant cours d'eau et voilà qu'à présent il était introuvable. Il avait dû tenter de s'élancer à la nage derrière eux, mais on ne le voyait nulle part lutter contre le courant.

Laura avala sa salive avec effort pour ne pas pleurer. Elle savait qu'il ne serait pas beau de sa part de se mettre à pleurer, mais elle se sentait au bord des larmes. Tout au long de la route qu'ils avaient suivie depuis le Wisconsin, le pauvre Jack les avait accompagnés avec courage et fidélité, et voilà qu'ils l'avaient laissé se noyer. Il était si fatigué : ils auraient bien pu le faire monter dans le chariot. Il était resté sur la rive et il avait regardé le chariot partir sans lui, comme s'ils ne s'étaient pas du tout souciés de son sort. Et il ne saurait jamais à quel point il leur manquait, à présent.

Papa déclara qu'il n'aurait jamais voulu faire une chose pareille à Jack, non, même si on lui avait offert un million de dollars. S'il avait su à quel point cette rivière allait se mettre en crue au moment où ils se trouveraient au milieu de son lit, il n'aurait jamais laissé Jack en entreprendre la traversée à la nage.

— On n'y peut plus rien, à présent, pourtant, constata-t-il.

Il remonta, puis suivit la berge vers l'aval pour rechercher Jack, tout en l'appelant et en le sifflant.

En vain. Jack avait disparu.

Il fallut enfin se résigner à reprendre la route. Pet et Patty étaient reposées. Les vêtements de Papa avaient séché sur lui, tandis qu'il cherchait Jack. Il reprit les rênes et entreprit l'ascension de l'autre versant pour sortir de la vallée.

Laura ne cessait de regarder en arrière. Elle comprenait qu'elle ne reverrait plus Jack, mais elle aurait tant aimé le voir revenir. Elle n'aperçut pourtant que de longs vallonnements de terre, qui s'interposaient entre le chariot et la rivière, et au-delà, dressées sur l'autre rive, les surprenantes falaises de terre rouge, à nouveau visibles.

Puis d'autres à-pics tout à fait semblables s'élevèrent devant le chariot. Les traces à peine lisibles laissées par les chariots s'engageaient dans une faille, au cœur d'un de ces versants de terre. Pet et Patty grimpèrent jusqu'au moment où la faille s'ouvrit sur un petit vallon herbeux. Puis ce vallon s'élargit à son tour pour rejoindre la Haute Prairie.

Pas la moindre route, ni la plus légère trace de roue ou de piste de cavaliers n'apparaissaient nulle part. On aurait pu croire qu'aucun œil humain ne s'était encore posé sur la prairie. Seules, de hautes herbes folles couvraient l'infinie étendue déserte, tandis qu'un grand ciel vide s'arquait au-dessus d'elles.

Au loin, le disque du soleil effleurait le bord de la terre. Un soleil énorme qui vibrait et palpitait de lumière. Le pourtour du ciel était souligné par une couche rose pâle, elle-même surmontée de jaune, coiffé à son tour de bleu. Au-dessus du bleu, le ciel était décoloré. Des ombres violettes s'allongeaient sur la terre et le vent gémissait.

Papa arrêta les mustangs. Il descendit du chariot, suivi de Maman, pour installer le camp. Marie et Laura mirent pied à terre.

— Dis, Maman, supplia Laura, Jack est bien allé au ciel, n'est-ce pas? C'était un si bon chien! Est-ce qu'il n'ira pas au ciel?

Maman ne sut que lui répondre, mais Papa lui dit :

— Oui, Laura, il ira. Le Seigneur n'oublie pas les petits oiseaux. Il ne laissera pas un bon chien comme Jack prendre froid devant sa porte.

Laura se sentit un peu soulagée, même si elle n'était pas heureuse. Papa ne s'était pas mis à siffler en travaillant, comme il le faisait d'habitude. Au bout d'un moment, il reprit :

— Et qu'est-ce que nous allons devenir dans un pays sauvage comme celui-ci sans un bon chien de garde, je me le demande.

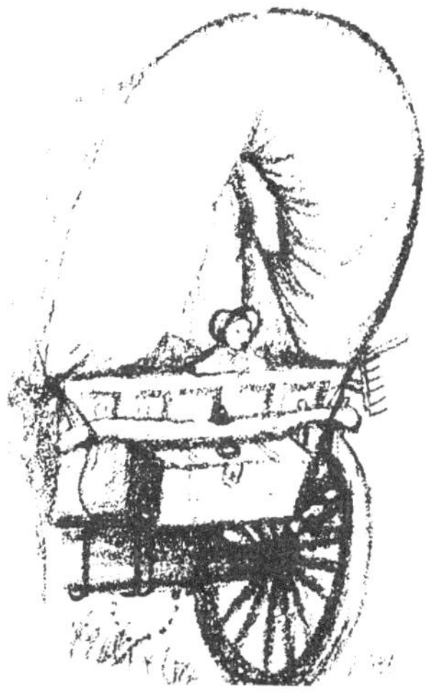

CHAPITRE 3

LE CAMP SUR LA HAUTE PRAIRIE

Papa dressa le camp comme d'habitude. Il détela Pet et Patty, puis il leur enleva leurs harnais avant de les mettre à l'attache. Les attaches étaient des longes fixées à des piquets de fer, enfoncés dans le sol. Une fois à l'attache, les chevaux pouvaient brouter toute l'herbe que les longes leur permettaient d'atteindre. Mais quand Pet et Patty se retrouvaient ainsi à l'attache, elles commençaient toujours par se coucher et se rouler, encore et encore, sur le dos. Elles se roulaient jusqu'à ce que l'impression

laissée par le contact prolongé du harnais eût disparu de leur dos.

Tandis que Pet et Patty se roulaient sur le sol, Papa arrachait toute l'herbe en rond sur un grand espace. Il enlevait l'herbe morte demeurée au pied de l'herbe verte, car il ne voulait pas courir le risque de mettre le feu à la prairie. Si jamais le feu prenait dans ce tapis d'herbe sèche, il était capable de balayer toute la région, de la laisser dénudée et noircie. Papa remarqua :

— La sécurité avant tout. Ça épargne de la peine, en fin de compte.

Une fois ce cercle dégagé, Papa déposa une poignée d'herbe sèche en son milieu. Il alla chercher dans la vallée une brassée de brindilles et de bois mort. Il posa d'abord les brindilles les plus menues, puis les branchettes, et enfin le bois sur sa poignée d'herbe sèche, avant de mettre le feu à l'herbe. Le feu crépita joyeusement au centre de l'anneau dénudé, dont il ne pouvait sortir.

Papa partit alors chercher de l'eau à la rivière, tandis que Marie et Laura aidaient Maman à préparer le souper. Maman mit une certaine quantité de grains de café dans le moulin, afin que Marie se charge de les moudre. Laura emplit la cafetière avec l'eau que Papa venait de rapporter, puis Maman la plaça dans les braises. Elle y déposa aussi la marmite de fonte.

Pendant que celle-ci chauffait, Maman mélangea de la farine de maïs, du sel et de l'eau, puis elle façonna cette pâte en petits biscuits. Elle graissa la marmite avec une couenne de lard, y déposa les biscuits de maïs et mit le couvercle de fonte. Papa ratissa quelques braises par-dessus le couvercle, tandis que Maman découpait en

tranches du porc salé. Elle fit sauter ces tranches dans une poêle à frire à trois pieds. Cette poêle avait des pieds courts pour pouvoir être posée directement dans les braises.

L'eau du café se mit à frémir, les biscuits à monter, la viande à frire, et tout cela dégageait des odeurs si délicieuses que Laura se sentait de plus en plus affamée.

Papa installa le siège du chariot près du feu. Maman et lui y prirent place. Marie et Laura s'assirent sur le timon. Chacun d'eux avait une assiette en fer-blanc, un couteau et une fourchette en acier avec des manches de corne claire. Maman avait une timbale, Papa avait une timbale et Bébé Carrie en avait une toute petite, mais Marie et Laura devaient en partager une. Elles buvaient de l'eau. Elles ne boiraient du café que quand elles seraient grandes.

Alors qu'ils dînaient, les ombres pourpres se rapprochèrent du feu de camp. La vaste prairie, assombrie, était silencieuse. Seul, un vent subtil se faufilait encore entre les herbes et les grosses étoiles, toutes proches, scintillaient dans le vaste ciel.

Le feu de camp donnait une impression de bien-être au cœur de la nuit froide. Les tranches de porc étaient croquantes et juteuses, les biscuits de maïs, délicieux. Quelque part dans le noir, de l'autre côté du chariot, Pet et Patty mangeaient, elles aussi. Elles arrachaient des bouchées d'herbe qu'elles faisaient craquer sous leurs dents.

— Nous allons camper ici un jour ou deux, annonça Papa. Peut-être même resterons-nous ici. Il y a de la bonne terre, du bois dans la vallée, beaucoup de gibier — tout ce qu'on peut souhaiter. Qu'en penses-tu, Caroline?

— On pourrait aller plus loin et ne pas trouver aussi bien, lui répondit Maman.

— De toutes manières, j'irai jeter un coup d'œil alentour demain matin, reprit Papa. Je prendrai mon fusil et je rapporterai un peu de bonne viande fraîche.

Il alluma sa pipe avec un tison, puis allongea ses jambes confortablement. Le chaud parfum de caramel du tabac se mêla à l'odeur chaude du feu. Marie bâilla et se laissa glisser du timon dans l'herbe. Laura bâilla à son tour. Maman lava vivement les assiettes, les timbales, les couteaux et les fourchettes. Elle lava la marmite et la poêle, puis rinça le torchon.

Elle s'immobilisa un instant pour écouter un long hurlement plaintif monter de la prairie obscure. Ils savaient tout ce que cela signifiait. Cet appel donnait pourtant toujours froid dans le dos à Laura et lui faisait dresser les cheveux sur la nuque.

Maman secoua le torchon à vaisselle, fit

quelque pas dans le noir et l'étendit sur les hautes herbes. Quand elle revint, Papa lui dit :

— Les loups. A huit cents mètres, je pense. Bien entendu, là où il y a des cerfs, on trouve des loups. J'aurais bien aimé...

Il ne précisa pas ce qu'il aurait bien aimé, mais Laura le comprenait. Il aurait bien aimé que Jack fût là. Au temps où les loups hurlaient dans les grands bois, Laura avait toujours su que Jack ne les laisserait pas lui faire mal. Une boule se forma dans sa gorge et elle sentit le nez la piquer. Elle cligna vivement des paupières, mais ne pleura pas. Ce loup, ou l'un de ses frères, hurla à nouveau.

— Il est l'heure d'aller se coucher pour les petites filles! dit gaiement Maman.

Marie se leva et lui tourna le dos pour que Maman puisse lui déboutonner sa robe. Laura, elle, bondit sur ses pieds, puis s'immobilisa. Elle avait aperçu quelque chose. A distance, dans la nuit, au-delà du feu, deux lueurs vertes brillaient au niveau du sol : des yeux.

Un frisson courut le long de la colonne vertébrale de Laura. Elle sentit son cuir chevelu se plisser et ses cheveux se dresser sur sa tête. Les lueurs vertes bougèrent. L'une s'éteignit, puis l'autre, et toutes deux brillèrent à nouveau sans ciller, tout en se rapprochant. Très vite, elles furent tout près.

— Regarde, Papa, regarde! cria Laura. Un loup!

Elle n'eut pas l'impression que Papa réagissait, mais il le fit très vite. En un clin d'œil, il s'était emparé de son fusil dans le chariot et voilà qu'il était prêt à tirer sur les yeux verts. Les yeux n'approchaient plus. Ils demeuraient dans l'obscurité et continuaient à le fixer.

— Ça ne peut pas être un loup. A moins que ce ne soit un loup enragé, déclara Papa.

Maman souleva Marie et la déposa dans le chariot.

— Et ça n'est pas ça, reprit Papa. Écoute les chevaux.

Pet et Patty tondaient toujours l'herbe.

— Un lynx? suggéra Maman.

— Ou un coyote? proposa Papa, qui ramassa un bâton, poussa un cri et le lança.

Les yeux verts descendirent au ras du sol, comme si l'animal s'était ramassé pour bondir. Papa était prêt à tirer. La bête ne bougeait pas.

— Ne tire pas, Charles, supplia Maman.

Papa se mit à marcher à pas lents en direction des yeux. Et lentement, toujours collés au sol, les yeux rampèrent vers lui. Laura devinait l'animal à la lisière de l'obscurité. Il avait une robe fauve et tigrée. C'est alors que Papa lança un appel et que Laura poussa un cri aigu.

L'instant d'après, elle s'efforçait de serrer dans ses bras Jack qui sautait, qui soufflait, qui se tortillait, qui lui passait une chaude langue humide sur le visage et sur les mains. Elle ne put le retenir. Il faisait des bonds, puis se remuait en ondulant pour passer d'elle à Papa, puis à Maman, avant de revenir vers elle.

— Ça alors, je veux bien être battu! fit Papa.

— Moi aussi, reconnut Maman. Mais pourquoi a-t-il fallu que tu réveilles le bébé!

Elle berçait Carrie pour essayer de la calmer.

Jack était en parfaite santé. Très vite, cependant, il s'allongea près de Laura et poussa un profond soupir. Il avait les yeux rougis de fatigue et tout son ventre était couvert de plaques de boue séchée. Maman lui donna un biscuit de maïs. Il le lécha, remua poliment la queue, mais ne put l'avaler. Il était trop épuisé.

— On ne saura jamais combien de temps il a dû nager, dit Papa. Ni sur quelle distance il a été emporté vers l'aval, avant de pouvoir reprendre pied.

Et quand Jack était enfin parvenu à les rejoindre, Laura l'avait pris pour un loup et Papa avait failli l'abattre.

Jack savait pourtant que ce n'était pas lui qu'ils avaient eu l'intention de tuer. Laura lui demanda :

— Tu savais qu'on ne voulait pas te tuer, n'est-ce pas, Jack?

Jack agita son bout de queue. Il le savait.

L'heure du coucher avait sonné depuis longtemps. Papa enchaîna Pet et Patty à la mangeoire, derrière le chariot, et il leur donna du maïs. Carrie s'était rendormie. Maman aida Marie et Laura à se déshabiller. Elle fit passer leurs longues chemises de nuit par-dessus leurs têtes, puis elles glissèrent leurs bras dans les manches. Elles boutonnèrent ells-mêmes le col et nouèrent les rubans de leur bonnet de nuit sous le menton. Jack, mort de fatigue, se faufila sous le chariot, fit trois tours sur lui-même et se coucha.

A l'intérieur, Laura et Marie dirent leurs prières et se coulèrent dans leur petit lit. Maman leur donna un baiser du soir.

De l'autre côté de la bâche, Pet et Patty mangeaient leur maïs. Quand Patty soufflait dans la mangeoire, le bruit résonnait tout contre l'oreille de Laura. Elle percevait aussi les pas menus des petites bêtes dans l'herbe. Au bord de la rivière, un hibou hululait « Hou-où? Hou-où? » A quelque distance, un autre lui répondait : « Ou-ou, ou-ou. » Très loin, sur la prairie, les loups hurlaient, et sous le chariot, Jack grondait. Dans le chariot, il faisait bon et l'on se sentait en sûreté.

Par l'ouverture de la bâche, à l'avant, Laura découvrait une foule dense d'étoiles brillantes. Papa, lui, réussirait à les toucher, se disait-elle. Elle aurait aimé le voir prendre la plus grosse d'entre elles, décrocher le fil qui la suspendait au ciel, et la lui offrir. Elle était bien éveillée et n'avait pas du tout sommeil. Soudain, elle fut très surprise : la grande étoile lui faisait signe en cligant de l'œil!

Quand elle s'éveilla tout à fait, c'était le matin.

CHAPITRE 4

UN JOUR DANS LA PRAIRIE

De légers hennissements s'élevaient près de l'oreille de Laura, suivis du bruit du grain déversé dans la mangeoire — Papa servait leur petit déjeuner à Pet et à Patty.

— Recule, Pet! Ne sois pas si gourmande, dit-il. Tu sais bien que c'est le tour de Patty.

Pet frappa le sol du sabot et hennit faiblement.

— Dis donc, Patty, reste dans ton coin de la mangeoire, protesta Papa. Ça, c'est pour Pet.

Patty émit alors un cri aigu.

— Ah! Elle t'a mordue, pas vrai? reprit Papa. C'est bien fait pour toi. Je t'avais bien dit de manger ton maïs à toi.

Marie et Laura se regardèrent, puis éclatèrent de rire. Elles sentaient l'odeur du bacon et du café, elles entendaient les crêpes grésiller dans la poêle. Elles se précipitèrent hors de leur lit.

Marie savait s'habiller toute seule, à l'exception du bouton du milieu de sa robe. Laura le lui boutonna, puis Marie boutonna à son tour tout le dos de la robe de Laura. Elles se lavèrent les mains et le visage dans une cuvette de fer-blanc, posée sur le marche-pied du chariot. Maman leur démêla les cheveux jusqu'à ce qu'elles n'aient plus un seul nœud, pendant que Papa allait chercher de l'eau fraîche à la rivière.

Puis ils s'assirent dans l'herbe nouvelle pour

manger les crêpes, le bacon et la mélasse dans les assiettes de fer-blanc, posées sur leurs genoux.

Alentour, les ombres couraient sur les herbes ployées par le vent, tandis que le soleil se levait. Les sturnelles jaillissaient des vagues d'herbes, montaient droit vers le grand ciel clair et chantaient tout en volant. De petits nuages nacrés voguaient dans tout ce bleu. De très petits oiseaux se balançaient sur les sommités des herbes et lançaient leur gazouillement aigu. Papa leur apprit qu'il s'agissait de petits passereaux.

— P'tits oiseaux! P'tits oiseaux! leur cria Laura.

— Prends ton petit déjeuner, Laura, demanda Maman. Il faut continuer à bien te tenir à table, même si nous sommes à cent kilomètres de n'importe où.

Papa la reprit gentiment :

— Nous ne sommes qu'à soixante kilomètres d'Independence, Caroline, et il y a sûrement un voisin ou deux plus près que ça.

— A soixante kilomètres, donc, corrigea Maman. Mais de toutes façons, ce ne sont pas de bonnes manières que de chanter à table. Ni quand on mange, ajouta-t-elle, étant donné qu'ils n'avaient pas de table.

Il n'y avait autour d'eux que la prairie,

immense, déserte, dont les herbes dansaient en vagues de lumière et d'ombre, et le grand ciel bleu qui la dominait, avec les oiseaux qui y prenaient leur vol et chantaient de joie pour saluer le lever du soleil. Et dans toute cette énorme prairie, rien ne révélait qu'un autre être humain fût jamais passé.

Dans toute cette étendue de terre et de ciel, il n'y avait que leur solitaire petit chariot bâché. Et près de lui, Papa, Maman, Laura, Marie et Bébé Carrie, qui prenaient, assis, leur petit déjeuner. Les mustangs croquaient leur maïs et Jack résistait à grand peine à l'envie de mendier. Laura n'avait pas la permission de le nourrir tant qu'elle n'avait pas terminé, mais elle lui mettait de côté quelques bons morceaux. En outre, Maman allait lui préparer une épaisse crêpe avec le reste de la pâte.

Il y avait des lièvres partout, dans l'herbe, et des milliers de poules des prairies, mais Jack n'avait pas le droit d'aller se chercher un déjeuner, ce matin-là. Comme Papa avait lui-même décidé d'aller chasser, Jack devait monter la garde au camp.

Papa mit tout d'abord Pet et Patty à l'attache. Puis il sortit le baquet en bois du côté du chariot et l'emplit d'eau de la rivière. Maman voulait faire la lessive.

Papa passa ensuite une hachette bien aiguisée

dans sa ceinture. Il suspendit sa corne à poudre à côté de la hachette, fourra sa boîte pleine de petits morceaux de tissu graissés et son sac à balles dans sa poche, puis il prit son fusil sous le bras.

Il dit à Maman :

— Prends tout ton temps, Caroline. Nous ne bougerons pas le chariot avant de l'avoir décidé. Nous avons tout le temps du monde devant nous.

Puis il s'en fut. Quelque temps, elles purent voir son buste dominer les hautes herbes, puis s'éloigner et diminuer. Enfin, il fut hors de vue et la prairie leur parut déserte.

Marie et Laura lavèrent la vaisselle, pendant que Maman faisait les lits dans le chariot. Elles rangèrent avec soin la vaisselle propre dans sa caisse. Elles ramassèrent toutes les brindilles qu'elles purent trouver et les déposèrent sur le feu. Elles entassèrent du bois contre l'une des roues du chariot. Puis tout fut rangé dans le camp.

Maman sortit l'écuelle en bois, pleine de savon mou, du chariot. Elle retroussa ses jupes, roula ses manches et s'agenouilla près du cuveau dans l'herbe. Elle lava des draps, des taies d'oreillers et des sous-vêtements blancs, puis ce fut le tour des robes et des chemises. Elle rinça le tout dans de l'eau propre et l'étendit sur

l'herbe qui n'avait pas été foulée, afin qu'il sèche au soleil.

Marie et Laura partirent explorer les environs. Elles avaient ordre de ne pas trop s'éloigner, mais trouvaient amusant de courir au milieu des hautes herbes, dans le soleil et dans le vent. De grands lièvres s'enfuyaient en bondissant devant elles, des oiseaux voletaient, puis allaient se poser un peu plus loin. Les petits passereaux étaient innombrables et leurs tout petits nids se cachaient dans les grandes touffes. Et partout, elles voyaient des petits gauphres au manteau strié de brun.

Ces petits rongeurs paraissaient avoir un poil

aussi doux que du velours. Ils avaient des yeux ronds et brillants, des museaux ridés et de toutes petites pattes. Ils jaillissaient de leurs terriers et se mettaient debout pour regarder Marie et Laura. Leurs pattes arrière, pliées, étaient dissimulées, mais leurs petites pattes avant étaient bien serrées contre leur poitrine. Ainsi, ils avaient tout à fait l'air de petits morceaux de bois mort, piqués dans le sol. Seuls, leurs yeux brillaient d'un vif éclat.

Marie et Laura auraient aimé en prendre un pour le rapporter à Maman. Maintes et maintes fois, elles manquèrent y parvenir. Le gauphre restait absolument immobile jusqu'à l'instant où l'une d'elles était sûre de l'attraper, puis, au moment où elle allait le toucher, il n'était plus là. Il n'y avait plus que le trou rond de son terrier dans le sol.

Laura courut et courut encore, mais sans pouvoir s'emparer d'aucun. Marie se figea près d'un trou, en attendant que l'un d'eux se montre; et juste hors de sa portée, plusieurs gauphres folâtraient gaiement, tandis que d'autres se dressaient pour l'observer. Aucun d'eux ne sortit jamais du trou qu'elle surveillait.

A un moment donné, une ombre plana au-dessus de l'herbe et tous les gauphres disparurent. Un faucon survolait leur domaine. Il était si proche que Laura vit son œil cruel et rond qui l'examinait. Elle remarqua le bec acéré et les serres cruelles et recourbées, prêtes à saisir les proies. Le faucon, n'ayant aperçu que Laura, Marie et les trous ronds et vides qui s'ouvraient dans le sol, s'éloigna pour aller chercher ailleurs son repas.

Aussitôt, tous les petits gauphres reparurent.

On approchait de l'heure de midi, à présent. Le soleil était presque au zénith. Laura et Marie cueillirent donc des fleurs et les offrirent à Maman, faute de pouvoir lui donner un gauphre.

Maman était en train de plier les vêtements déjà secs. Les petites culottes et les jupons étaient plus blancs que neige, chauds de soleil et tout imprégnés d'une bonne odeur d'herbe. Maman les posa dans le chariot et prit les fleurs. Elle admira également les fleurs que lui donnait Laura et celles que lui présentait Marie, puis elle les réunit dans une timbale pleine d'eau. Elle déposa celle-ci sur le marche-pied du chariot, afin d'embellir le camp.

Elle fendit ensuite deux biscuits de maïs froids et les couvrit de mélasse. Elle en donna un à Marie et un à Laura. C'était leur déjeuner et elles le trouvèrent très bon.

— Où est-ce qu'on peut voir un papoose, Maman? demanda Laura.

— On ne parle pas la bouche pleine, Laura, lui rappela Maman.

Laura mâcha, puis avala, avant d'insister :

— Je voudrais voir un papoose.

— Miséricorde! s'écria Maman. Qu'est-ce qui peut te pousser à vouloir voir des Indiens? Nous en verrons bien assez. Plus que nous le souhaiterions, je n'en serais pas étonnée.

— Ils ne nous feront pas de mal, n'est-ce pas? interrogea Marie.

Marie était toujours très gentille. Elle ne parlait jamais la bouche pleine.

— Mais non! fit Maman. Ne te mets pas une telle idée en tête.

— Pourquoi est-ce que tu n'aimes pas les Indiens, Maman? voulut savoir Laura, et elle rattrapa une goutte de mélasse du bout de sa langue.

— Je ne les aime pas, un point c'est tout. Et ne lèche pas tes doigts, Laura, reprit Maman.

— Ici, c'est le pays des Indiens, n'est-ce pas? poursuivit Laura. Pourquoi est-ce que nous sommes venus dans leur pays, si tu ne les aimes pas?

Maman répondit qu'elle ignorait s'ils se trouvaient ou non au pays des Indiens. Elle ignorait où se trouvait la frontière du Kansas. Mais pays des Indiens ou pas, les Indiens n'y resteraient pas longtemps. Un homme venu tout droit de Washington avait affirmé à Papa que les colons blancs seraient bientôt autorisés à s'installer sur le Territoire indien. Cette autorisation avait peut-être été accordée, depuis. Ils ne pouvaient pas le savoir, car Washington se trouvait trop loin.

Maman sortit alors le fer à repasser du chariot et le mit à chauffer près du feu. Elle humecta une robe pour Marie, une robe pour Laura, une petite robe pour Bébé Carrie et sa propre robe d'indienne à fleurs. Elle étala une couverture et un drap sur le siège du chariot et elle y repassa les robes.

Bébé Carrie dormait à l'intérieur. Laura, Marie et le chien Jack s'étaient allongés sur l'herbe, à l'ombre de l'un des côtés du chariot, car il faisait très chaud, au soleil, à présent. Jack, la gueule ouverte, laissait pendre sa langue rouge. Il clignait des yeux, l'air endormi. Maman chantonnait pour elle-même, tandis que le fer écrasait les faux plis des petites robes. A perte de vue, alentour, les herbes ondoyaient

sous le vent. Très haut, dans le ciel, quelques minuscules nuages blancs dérivaient dans le bleu du ciel léger.

Laura était très heureuse. Le vent chantait d'une voix grave en se jouant parmi les herbes. La stridulation des criquets vibrait à travers toute l'immensité des plaines. Un faible bourdonnement d'insectes montait de tous les arbres de la vallée. Et tous ces bruits se fondaient pour ne plus former qu'un profond, un chaud, un bienheureux silence. Laura n'avait encore jamais vu d'endroit qu'elle aimât autant que celui-là.

Elle ne s'aperçut qu'elle s'était endormie qu'à son réveil. Jack s'était relevé et il agitait son semblant de queue. Le soleil était bas et Papa s'en revenait à travers la prairie. D'un bond, Laura fut debout et s'élança vers lui. La grande ombre de Papa s'allongea pour se porter à sa rencontre dans les herbes qui ondulaient.

Il souleva le gibier qu'il tenait pour le lui faire admirer. Il rapportait un lapin, le plus gros lapin qu'elle eût jamais vu et deux grasses poules des prairies. Laura sauta sur place, battit des mains et poussa des cris aigus de joie. Puis elle s'agrippa à l'autre manche de Papa et revint en sautillant à ses côtés, à travers les hautes herbes.

— Ce pays est archi-bourré de gibier, lui confia-t-il. J'ai vu au moins cinquante cerfs, sans compter des antilocapres, des écureuils, des lapins et toutes sortes d'oiseaux. La rivière est pleine de poissons.

Puis il s'adressa à Maman :

— Je te le dis, Caroline, il y a ici tout ce que nous pouvons souhaiter. Nous allons vivre comme des rois !

Ils firent un merveilleux dîner. Ils prirent place près du feu de camp et se régalèrent de la viande tendre, savoureuse, parfumée, jusqu'à ce qu'ils ne puissent plus rien avaler. Quand enfin Laura reposa son assiette, elle poussa un soupir de contentement. Il n'y avait plus rien au monde qu'elle désirât.

Les dernières couleurs s'évanouissaient dans le ciel immense et toute la plaine se couvrait d'ombres. La chaleur du feu paraissait agréable, car le vent de la nuit était frais. Les phébés s'appelaient d'une voix triste, dans le bois, au bord de la rivière. On entendit quelque temps un oiseau moqueur chanter, puis les étoiles parurent une à une et les oiseaux se turent.

Papa commença doucement à jouer du violon à la clarté des étoiles. Parfois, il chantait quelques phrases, et parfois, le violon chantait seul. Douce, légère, lointaine, la voix du violon poursuivait la chanson :

Nul ne faisait ta connaissance, sans tomber amoureux de toi,
Toi, si chère à mon cœur...

Les grandes étoiles scintillantes paraissaient pendre de la voûte du ciel. Elles ne cessaient de descendre, plus bas, toujours plus bas, et vibraient au rythme de la musique.

Laura sursauta et Maman s'approcha vivement.

— Qu'as-tu, Laura? lui demanda-t-elle.

Laura répondit dans un murmure :

— C'étaient les étoiles qui chantaient.

— Tu t'étais endormie, lui dit Maman. Ce n'est que le violon. Il est temps, pour les petites filles, d'aller se coucher.

Elle déshabilla Laura à la lumière du feu, lui enfila sa chemise de nuit, lui noua son bonnet sous le menton, puis elle la borda dans son lit. Le violon, cependant, chantait toujours sous les étoiles. La nuit était pleine de musique et Laura était persuadée qu'une partie de cette musique provenait des grandes, des scintillantes étoiles, qui se balançaient si bas au-dessus de la prairie.

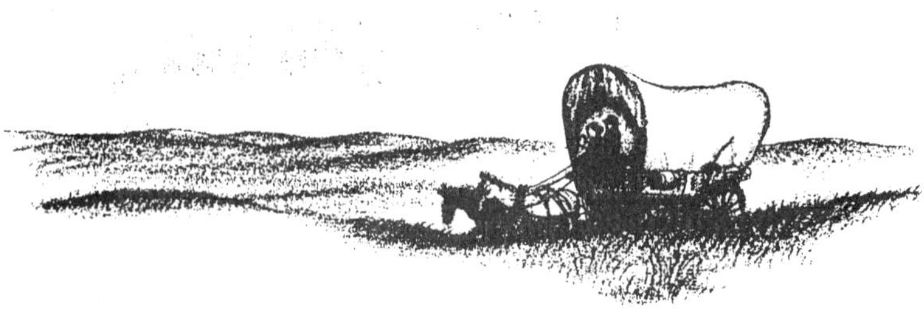

CHAPITRE 5

LA MAISON DANS LA PRAIRIE

Laura et Marie étaient levées dès l'aurore, le lendemain. Elles prirent leur petit déjeuner de bouillie de farine de maïs, arrosée de sauce de poule des prairies, puis elles se dépêchèrent d'aider Maman à laver la vaisselle. Papa était en train de ranger tout le reste dans le chariot, avant d'y atteler Pet et Patty.

Quand le soleil se leva, ils roulaient à travers les plaines. Il n'y avait plus de chemins, à présent. Pet et Patty avançaient, de l'herbe jusqu'au poitrail, et le chariot ne laissait derrière

lui que les traces de ses roues dans les herbes.

Avant midi, Papa cria « Ho! ». Le chariot s'arrêta.

— Nous y voilà, Caroline, dit-il. C'est ici même que nous construirons notre maison.

Laura et Marie jouèrent des pieds et des mains pour enjamber la mangeoire et elles se laissèrent glisser jusqu'à terre. Tout autour d'elles, il n'y avait plus que la prairie d'herbes hautes, qui s'allongeait à l'infini.

Tout près d'eux, vers le nord, la rivière avait creusé son lit bien au-dessous du niveau des plaines. Quelques cimes d'arbres, d'un vert plus soutenu, en surgissaient, et derrière elles, une partie du sommet des berges limoneuses, que retenaient les hautes herbes. Plus loin, vers l'est, une ligne brisée de différentes nuances de verts coupait les prairies. Papa leur apprit qu'une grande rivière y coulait.

— Là-bas, c'est la rivière Verdigris, annonça-t-il à Maman, en pointant le doigt dans cette direction.

Maman et lui commencèrent aussitôt à décharger le chariot. Ils le vidèrent tout à fait et empilèrent son contenu sur le sol. Ils enlevèrent ensuite la bâche et l'installèrent au-dessus de la pile. Ils démontèrent enfin la caisse, tandis que Laura, Marie et Jack les regardaient faire.

Le chariot leur avait longtemps tenu lieu de maison. A présent, il n'en restait plus que les quatre roues et le châssis. Pet et Patty étaient restées attelées à la flèche. Papa prit un seau, sa hache, et partit, perché sur ce squelette de chariot. Il roula droit devant lui dans la prairie, puis il fut hors de vue.

— Où est-ce qu'il s'en va, Papa? demanda Laura.

Maman le lui expliqua :

— Il est parti chercher un chargement de rondins dans la vallée.

Il paraissait étrange et effrayant d'être abandonnées, sans le chariot, dans la Haute Prairie. Le ciel et la terre y semblaient trop vastes et Laura s'y sentait bien petite. Elle aurait voulu pouvoir se terrer, immobile, au cœur des grandes herbes, comme un petit poussin des prairies. Elle résista pourtant à cette tentation. Elle s'en fut aider Maman, pendant que Marie s'asseyait dans l'herbe pour garder Bébé Carrie.

Laura et Maman firent d'abord les lits, sous la tente préparée avec la bâche. Maman y rangea ensuite les caisses et les ballots, tandis que Laura arrachait toute l'herbe qu'elle pouvait devant l'entrée. Cet endroit, une fois dénudé, permettrait d'allumer un feu. Elles ne pouvaient commencer le feu avant que Papa n'eût rapporté du bois.

Comme elle ne pouvait plus rien faire, Laura s'en fut explorer un peu les environs. Elle ne s'écarta pas beaucoup de la tente, mais elle trouva tout de même un drôle de petit tunnel sous les herbes. On ne l'aurait jamais aperçu en regardant onduler les pointes des graminées qui le masquaient. Il fallait être déjà dessus pour le découvrir : un sentier étroit, tout droit, au sol durci, qui disparaissait entre les tiges.

Laura le suivit sur une courte distance. Elle s'y engagea doucement, de plus en plus doucement, puis, soudain, s'immobilisa, car elle éprouvait une impression bizarre. Elle fit donc demi-tour et revint rapidement sur ses pas. Elle jeta encore un coup d'œil par-dessus son épaule, mais ne vit rien. Elle se hâta tout de même de rentrer.

Quand Papa revint, à cheval sur son chargement de rondins, Laura lui parla du sentier. Il lui dit qu'il l'avait vu la veille.

— Ça doit être une vieille piste, lui expliqua-t-il.

Ce soir-là, près du feu, Laura demanda une fois encore à quel moment elle pourrait voir un papoose, mais Papa ne put lui répondre. Il lui dit qu'on ne voyait jamais les Indiens, si ceux-ci ne le désiraient pas. Il avait rencontré des Indiens, enfant, quand il vivait dans l'État de New York, mais Laura, elle, n'en avait jamais aperçu. Elle savait que c'étaient des sauvages, qu'ils avaient la peau cuivrée et qu'on appelait tomahawks leurs haches de guerre.

Papa, qui savait tout sur les animaux sauvages, devait tout savoir aussi sur les sauvages. Laura se dit qu'un jour, il lui montrerait un papoose, tout comme il lui avait montré des faons, des oursons et des loups.

Durant de longs jours, Papa charroya des rondins. Il en fit deux tas : un pour la maison, un pour l'écurie. On vit se créer un chemin, là où il roulait pour se rendre dans la vallée et en revenir. La nuit, à l'attache, Pet et Patty mangèrent toute l'herbe qui poussait autour des piles de rondins et ne laissèrent que du chaume.

Papa commença par la maison. Il arpenta le terrain pour en délimiter la taille, puis il prépara à la bêche un fossé peu profond sur deux côtés de cet espace. Il fit rouler dans ces creux deux de ses plus grands rondins. C'étaient de solides troncs d'arbres, choisis bien sains, parce qu'ils étaient destinés à soutenir la maison. Papa leur donnait le nom de traverses.

Papa apporta ensuite deux autres robustes troncs d'arbres et les fit rouler jusqu'aux extrémités des traverses, de façon à dessiner un carré sur le sol. Il fit alors, à la hache, une large et profonde entaille près de chacune des extrémités de ces troncs. Il creusa ces entailles sur le dessus de chaque tronc, mais, de l'œil, il ne cessait de jauger les traverses, de façon à ce que les troncs encochés viennent bien s'emboîter par-dessus la moitié de chacune d'elles.

Quand il eut fini de le découper, il fit rouler chaque tronc sur lui-même : ses entailles s'ajustaient exactement sur les traverses.

La maison n'aurait pas d'autres fondations : elle allait reposer sur une base haute d'un tronc. Les traverses étaient enterrées à demi dans le sol, et les troncs, qui leur étaient bien joints aux extrémités, reposaient tout de leur long sur la terre. Aux angles, là où les deux pièces se croisaient, les entailles avaient permis de si bien les assembler, qu'ils n'avaient, une fois réunis, que l'épaisseur d'un seul tronc. Et les deux extrémités des pièces entrecroisées faisaient saillie au-delà des encoches.

Le lendemain, Papa entreprit la construction des murs. Il fit rouler deux rondins et les aligna de part et d'autre de la future maison. Il en entailla les extrémités de manière à ce qu'ils viennent s'ajuster sur les rondins constituant la base des deux autres côtés. Il fit alors rouler des rondins jusqu'au pied de ces côtés-là et les creusa de façon à les encastrer sur ceux qu'il venait de poser. A présent, la maison était haute de deux rondins.

Les rondins étaient solidement engagés les uns dans les autres aux angles. Mais aucun tronc d'arbre n'est jamais tout à fait droit : tous ont une extrémité d'un diamètre supérieur à l'autre. Des jours subsistaient donc entre eux sur toutes les parois. Cela n'avait pourtant pas d'importance, car Papa boucherait plus tard les interstices avec de la terre et des petits morceaux de bois.

Il monta tout seul la maison jusqu'à la hauteur de trois rondins. C'est alors que Maman

vint à son aide. Papa soulevait le bout d'un rondin jusqu'au haut du mur, puis Maman le maintenait en position, pendant que Papa amenait l'autre bout au même niveau. Papa se perchait alors sur le mur pour tailler le nouveau rondin, puis Maman intervenait à nouveau pour le faire rouler sur lui-même et le retenir, en attendant que Papa l'eût mis en place pour obtenir un angle aussi parfaitement droit que possible.

Ainsi, rondin après rondin, élevèrent-ils les murs jusqu'à une hauteur assez considérable. Il devint impossible à Laura de les escalader. Comme elle était fatiguée de regarder Papa et Maman construire la maison, elle partit en exploration dans l'herbe haute. Soudain, elle entendit Papa hurler :

— Lâche tout ! Sors de là-dessous !

L'épais et lourd rondin était en train de glisser. Papa s'efforçait de retenir le bout qui se trouvait de son côté pour l'empêcher de tomber sur Maman. Il n'y réussit pas. Le tronc tomba. Laura découvrit Maman, couchée en chien de fusil.

Elle arriva à ses côtés presque aussi vite que Papa. Il s'était agenouillé et appelait Maman sur un ton angoissé. Maman lui dit d'une voix entrecoupée :

— Ce n'est rien.

Le rondin pesait sur son pied. Papa le souleva et Maman put retirer son pied. Papa le palpa pour voir si elle n'avait pas d'os brisés.

— Remue les bras, lui ordonna-t-il. Est-ce que tu as mal dans le dos? Peux-tu tourner la tête?

Maman remua les bras, tourna la tête.

— Dieu soit loué! s'écria Papa.

Il aida Maman à s'asseoir. Elle réaffirma :

— Ce n'est rien, Charles. C'est simplement mon pied.

Vite, Papa lui enleva sa chaussure et son bas. Il tâta le pied d'un bout à l'autre, fit remuer la cheville, le cou-de-pied, tous les orteils.

— Il te fait très mal? lui demanda-t-il.

Le visage de Maman avait viré au gris et sa bouche serrée n'était plus qu'une mince fente.

— Pas trop, dit-elle.

— Il n'y a pas de fractures, affirma Papa. Ce n'est qu'une vilaine entorse.

Maman prit un ton enjoué pour lui dire :

— Eh bien, une entorse est vite remise. Ne te tourmente pas, Charles.

— Je me fais des reproches, avoua Papa. J'aurais dû utiliser des rampes.

Il aida Maman à regagner la tente. Il alluma du feu et fit chauffer de l'eau. Quand l'eau fut au plus haut degré de chaleur supportable, Maman y glissa son pied enflé.

Par l'effet de la providence, son pied n'avait pas été broyé. Une petite dépression du terrain s'était trouvée là pour le protéger.

Papa ajoutait sans cesse de l'eau chaude dans le baquet où Maman prenait un bain de pied. La chaleur lui avait rougi le pied, mais la cheville enflée devenait pourpre. Maman sortit son pied de l'eau et banda sa cheville très serré avec des morceaux de vieux tissu.

— Je vais pouvoir me débrouiller, assura-t-elle.

Comme elle ne put remettre sa chaussure, elle s'entoura le pied d'autres morceaux de tissu et se remit debout en boitillant. Elle prépara le dîner comme d'habitude. Cela lui prit simplement un

peu plus de temps. Papa décida qu'elle ne l'aiderait plus dans la construction de la maison, tant que sa cheville ne serait pas guérie.

Il se façonna des rampes : c'étaient de longues planches, épaisses et plates. Une de leurs extrémités reposait sur le sol, l'autre s'appuyait au mur de la maison. Il ne soulèverait plus de rondins. Lui et Maman les feraient rouler le long de ces rampes.

La cheville de Maman, toutefois, n'était pas encore remise. Quand elle enlevait ses bandages, le soir, pour la tremper dans l'eau, sa cheville était tout à la fois pourpre, noire, verte et jaune. La maison devrait attendre.

Un après-midi, cependant, Papa revint par le chemin de la rivière en sifflant joyeusement. Elles ne s'étaient pas attendues à ce qu'il rentrât si tôt de la chasse. Dès qu'il les aperçut, il leur cria :

— J'ai de bonnes nouvelles!

Ils avaient un voisin, installé à peine à trois kilomètres d'eux, de l'autre côté de la vallée. Papa l'avait rencontré dans les bois. Ils allaient travailler à tour de rôle l'un pour l'autre, ce qui leur simplifierait l'existence à tous les deux.

— C'est un célibataire, raconta Papa. Il prétend pouvoir se passer plus facilement d'une maison que toi et les petites. Aussi viendra-t-il m'aider le premier. Et dès qu'il aura fini de préparer ses rondins, j'irai lui donner un coup de main.

Ils n'allaient pas attendre davantage leur maison et Maman n'aurait plus à y travailler.

— Qu'est-ce que tu penses de ça, Caroline? demanda Papa, tout heureux.

Maman lui répondit :

— C'est très bien, Charles. Je suis contente.

M. Edwards arriva de bonne heure, le lendemain. Il était mince, grand et brun. Il s'inclina devant Maman et l'appela « Madame », très poliment. Il confia pourtant à Laura qu'il était un « chat sauvage » du Tennessee. Il portait de hautes bottes, une culotte bouffante rapiécée, un bonnet en fourrure de raton-laveur, et il crachait le jus de sa chique beaucoup plus loin que Laura ne l'aurait jamais cru possible. En outre, il touchait n'importe quelle cible. Laura s'exerça d'innombrables fois, mais jamais elle ne réussit à cracher aussi loin, ni aussi bien que M. Edwards.

C'était un travailleur rapide. En une journée, Papa et lui élevèrent les murs à la hauteur désirée. Ils se racontaient des histoires ou chantaient, tout en effectuant leur tâche, et leurs haches faisaient voler les copeaux.

Ils fixèrent un squelette de toit, fait de minces perches, au sommet de ces murs. Puis, dans la paroi orientée au sud, ils découpèrent un grand trou pour y installer la porte, et dans celles tournées vers l'ouest et l'est, ils pratiquèrent des ouvertures carrées qui serviraient de fenêtres.

Laura était impatiente de voir l'intérieur. Dès que le grand trou fut terminé, elle se rua dans la maison. Tout y était zébré. Des raies de soleil filtraient au travers des fentes des murs, tandis que les perches, au-dessus de sa tête, projetaient des raies d'ombre. Les zébrures d'ombre et le lumière couvraient les mains, les bras, les pieds nus de Laura. Et par les interstices entre les rondins, elle apercevait des bandes de prairies. L'odeur douce de la prairie se mêlait à l'odeur délicate du bois fraîchement coupé.

Une fois que Papa eut découpé les rondins du mur de l'ouest pour y ouvrir une fenêtre, des pans entiers de soleil pénétrèrent dans la maison. Quand il eut terminé, une grande flaque de soleil s'étalait sur le sol.

Sur le pourtour de la porte et des fenêtres, Papa et M. Edwards clouèrent de minces planches contre les extrémités sciées des rondins. A l'exception du toit, la maison était achevée. Les murs étaient solides et la maison paraissait vaste, beaucoup plus vaste que la tente. C'était une jolie maison.

M. Edwards déclara qu'il allait rentrer chez lui, à présent, mais Papa et Maman lui demandèrent de rester pour le dîner. Maman avait préparé spécialement un très bon dîner, parce qu'ils avaient un invité.

Il y avait du civet de lièvre, accompagné de boulettes de pâte de farine de froment et de beaucoup de sauce. Il y avait un épais pain de maïs brûlant, parfumé à la graisse de bacon. Il y avait de la mélasse pour en tartiner le pain de maïs, mais comme c'était un dîner où ils avaient un invité, ils ne sucrèrent pas le café avec de la mélasse. Maman sortit le petit sac en papier qui contenait du sucre roux, acheté au magasin.

M. Edwards dit qu'assurément, il avait trouvé ce dîner délicieux.

Papa sortit alors son violon.

M. Edwards s'allongea par terre pour l'écouter. Papa joua d'abord pour Laura et pour Marie. Il leur joua leur chanson favorite et il la leur chanta. Laura la préférait à toutes les autres de son répertoire, car dans cette chanson, la voix de Papa se faisait grave, grave, toujours plus grave.

Oh, je suis le roi des Tziganes!
Partout à ma guise, je vais!
Mon vieux bonnet de nuit, tiré sur les yeux,
Je prends le monde comme il est.

Puis sa voix descendit, descendit toujours, plus bas que celle du plus ancien des crapauds.

Oh, je suis le roi des TZIGANES!

Ils éclatèrent tous de rire. Laura eut beaucoup de peine à se calmer.

— Oh, chante-la-nous encore, Papa! Chante-la-nous encore! s'écria-t-elle, avant de se souvenir que les enfants doivent être vus et non entendus par les adultes. Puis, elle se tut.

Papa continua à jouer et tout se mit à danser. M. Edwards se leva sur un coude, puis il s'assit, puis il sauta sur ses pieds et il commença à danser. Il dansait comme un pantin léger sous la lumière de la lune, tandis que Papa continuait à faire frémir de joie son violon, qu'il battait la mesure du pied, que Laura et Marie battaient des mains pour l'accompagner et que leurs pieds tapaient, eux aussi, le sol.

— Vous êtes le violoneux le plus virtuose que j'aie jamais vu! cria M. Edwards à Papa avec admiration.

Il ne s'arrêta d'ailleurs pas de danser, ni Papa de jouer. Ce dernier leur joua « L'Odeur de l'Argent », « Le Voyageur de l'Arkansas », « La Lavandière Irlandaise » et « La Matelote du Diable ».

Bébé Carrie ne pouvait pas dormir avec toute cette musique. Elle était assise sur les genoux de Maman, fixait M. Edwards avec des yeux ronds, frappait ses petites mains l'une contre l'autre, et riait.

Le feu lui-même dansait, et tout autour de lui, les ombres dansaient aussi. Seule, la nouvelle maison demeura immobile et silencieuse dans le noir, jusqu'au moment où la grande lune se leva et éclaira ses murs gris, puis les copeaux jaunes abandonnés alentour.

M. Edwards annonça qu'il lui fallait partir. Il

avait une longue route à faire pour regagner son camp, de l'autre côté des bois et de la rivière. Il prit son fusil, souhaita une bonne nuit à Laura, à Marie et à Maman. Il leur dit qu'un célibataire se sentait parfois terriblement seul et qu'il avait beaucoup apprécié de passer une soirée en famille.

— Jouez, Ingalls, pria-t-il. Accompagnez-moi sur le chemin en jouant !

Et pendant tout le temps où il suivit le chemin de la rivière et même après qu'il eut disparu hors de sa vue, Papa continua à jouer. Et Papa, M. Edwards et Laura chantèrent à tue-tête cette chanson :

Le vieux Dan Tucker était un très brave homme ;
Il se lavait le bout du nez dans une poêle pleine de rhum,
Il se peignait toujours avec un tire-bouchon,
L'est mort d'une rage de dents qu'il avait au talon.

Laissez donc passer le vieux Dan Tucker !
Qu'est en r'tard pour souper, depuis plus d'une heure !
L'souper est terminé, la vaisselle pendouille,
On ne lui a laissé qu'une p'tite tranche de citrouille !

Le vieux Dan Tucker est parti pour la ville,
Perché sur une mule, son chien au bout d'un fil...

La grande voix grave de Papa et la petite voix aiguë de Laura portaient loin sur la prairie, et montant de la vallée, on entendait faiblement M. Edwards chanter une dernière fois.

Laissez donc passer le vieux Dan Tucker!
L'est en r'tard pour souper depuis plus d'une heure!

Quand le violon de Papa s'arrêta, la voix de M. Edwards n'était plus perceptible. Seul, le vent bruissait parmi les herbes des plaines. Une grosse lune jaune naviguait tout là-haut, au-dessus de leur tête. Le ciel était si clair qu'on n'y voyait même plus scintiller les étoiles et la prairie tout entière se fondait sous les ombres.

Alors, dans le bois, près du ruisseau, un rossignol se mit à chanter.

La nature entière s'était faite silencieuse pour écouter le chant du rossignol. L'oiseau filait les sons, sans paraître devoir jamais s'arrêter. Le vent frais courait sur la prairie et le chant sonnait plein et clair, au-dessus du murmure des herbes. Le ciel ressemblait à un bol de lumière qu'on aurait renversé au-dessus de la plaine.

Le chant prit fin. Nul ne bougeait ni ne parlait. Laura et Marie demeuraient muettes. Papa et Maman restaient immobiles, là où ils étaient assis. Seul, le vent se mouvait et les herbes soupiraient. Papa éleva alors le violon jusqu'à son épaule et appuya doucement son archet sur les cordes. Quelques notes s'égrenèrent dans le silence comme de claires gouttes d'eau. Après une pause, Papa se mit à jouer le chant du rossignol. Le rossignol lui répondit. Le rossignol reprit sa longue mélodie. Il chantait, accompagné par le violon de Papa.

Quand les cordes se taisaient, le rossignol poursuivait sa phrase. Quand il s'arrêtait, le violon l'appelait et il modulait à nouveau sa réponse. L'oiseau et le violon se parlaient l'un à l'autre, dans la nuit fraîche, sous la lune.

CHAPITRE 6

L'INSTALLATION

— Les murs sont montés, dit Papa à Maman, au matin. Nous ferions mieux de nous installer et de nous débrouiller du mieux que nous le pourrons, sans attendre d'avoir un plancher ou d'autres améliorations. Il me faut construire l'écurie en vitesse, si je veux que Pet et Patty soient aussi dans leurs murs. La nuit dernière, j'ai entendu les loups hurler aux quatre points cardinaux, m'a-t-il semblé, et près d'ici, en plus.

— Eh bien, comme tu as ton fusil, je ne m'inquiète pas, remarqua Maman.

— C'est vrai, et nous avons Jack. Mais je me sentirai l'esprit plus tranquille quand les petites et toi aurez de bons murs solides autour de vous.

— Pourquoi crois-tu que nous n'ayons pas vu d'Indiens?

— Oh, je n'en sais rien, répondit Papa, tranquillement. J'ai vu leurs camps sur les rives. Ils sont sans doute en expédition de chasse, pour le moment.

Maman appela alors :

— Les petites filles! Le soleil est levé!

Laura et Marie sautèrent au bas de leur lit et s'habillèrent.

— Avalez vite vos petits déjeuners, les pressa Maman, tout en servant dans leurs assiettes la fin du ragoût de lapin. Nous allons nous installer dans la maison aujourd'hui. Il faut que tous les copeaux en soient sortis.

Elles mangèrent donc en vitesse, puis se dépêchèrent d'enlever de la maison le plus de copeaux possible. Elles entraient et ressortaient en courant, remplissaient leurs jupes de copeaux et allaient les vider près du feu. Il en restait encore sur le sol de la maison, pourtant, et Maman vint les balayer avec son balai en branches de saule.

Maman boitait toujours, même si sa cheville foulée commençait à se remettre. Quand elle eut fini de balayer le sol de terre, Marie et Laura l'aidèrent à transporter des objets dans la maison.

Papa s'était perché en haut d'un mur pour tendre la bâche du chariot par-dessus la charpente de jeunes arbres. La toile s'enflait au vent comme si elle avait cherché à lui échapper, tandis que la barbe de Papa volait en tous sens et que ses cheveux se dressaient sur sa tête. Il se cramponnait à la bâche et résistait à toutes ses tentatives. Elle lui donna unc fois une telle secousse que Laura eut l'impression qu'il allait devoir tout lâcher, s'il ne voulait pas fendre les airs comme un oiseau. Mais il serra le mur entre ses jambes, retint la bâche des deux mains et acheva de la fixer.

— Là, dit-il à la bâche. Reste comme ça et sois...

— Charles! intervint Maman.

Elle s'était immobilisée, les bras pleins de courtepointes matelassées et levait vers lui des yeux pleins de reproches.

— ... et sois gentille! acheva Papa, toujours à l'intention de la bâche. Voyons, Caroline, que croyais-tu donc que j'allais dire?

— Oh, Charles! protesta Maman. Quel vaurien, tu fais!

Papa descendit par l'un des angles de la maison. Il se servit des extrémités saillantes des rondins comme des degrés d'une échelle. Il se passa la main dans les cheveux de telle façon qu'il eut l'air encore plus hirsute qu'auparavant, ce qui fit éclater de rire Maman. Il la serra alors dans ses bras, sans se soucier des courtepointes.

Puis ils se tournèrent tous deux vers la maison et Papa demanda :

— Est-ce qu'elle ne te paraît pas confortable, cette petite maison?

— Je serai bien contente de l'habiter, reconnut Maman.

Il n'y avait ni porte, ni fenêtre. Il n'y avait d'autre plancher que la terre battue et de toit que la bâche. Mais cette maison avait de bons murs solides et elle allait rester où elle était. Ce n'était pas comme le chariot qui, chaque matin, se mettait en route pour aller vers un autre endroit.

— Nous allons réussir, ici, Caroline, reprit Papa. C'est un beau pays que celui-ci. C'est un pays où je serais heureux de demeurer pour le restant de mes jours.

— Même quand d'autres colons seront venus s'y fixer? insista Maman.

— Même alors. Les voisins pourront être aussi nombreux et aussi proches les uns des autres qu'ils le voudront. Ce pays ne donnera jamais l'impression d'être surpeuplé. Regarde ce ciel!

Laura comprenait ce qu'il voulait dire. Elle aimait cet endroit, elle aussi. Elle aimait l'immensité du ciel, les vents, les plaines dont on ne voyait pas la fin. Tout y était neuf, propre, démesuré, splendide.

A l'heure du déjeuner, la maison était rangée. Les lits étaient soigneusement faits sur le sol. Le siège du chariot et deux sections de rondin avaient été apportés pour servir de siège. Le fusil de Papa reposait sur ses crochets au-dessus de la porte. Caisses et ballots étaient alignés contre les murs. La maison était plaisante à vivre. Une lumière tamisée y pénétrait par le toit de toile, le vent et le soleil y entraient par les ouvertures des fenêtres, et chacune des fentes des quatre murs laissait passer un peu de lumière, car le soleil était alors au zénith.

Le feu de camp allait seul demeurer au même emplacement. Papa promit de construire une cheminée dès qu'il le pourrait. Il taillerait également des bardeaux pour faire une couverture solide, avant la venue de l'hiver. Il poserait un plancher de rondins refendus, puis fabriquerait des lits, une table, des chaises. Mais tous ces travaux devraient attendre qu'il eût fini d'aider M. Edwards et bâti une étable pour Pet et Patty.

— Quand tout sera terminé, dit Maman, je serai contente d'avoir une corde à linge.

Papa se mit à rire :

— Bien sûr, et moi, je serai content d'avoir un puits.

Après le déjeuner, il attela Pet et Patty au chariot et partit chercher un baquet d'eau à la rivière pour que Maman puisse faire la lessive.

— Tu pourrais laver les vêtements à la rivière, lui dit-il. Les Indiennes font comme ça.

— Si nous voulions vivre comme des Indiens, tu n'aurais qu'à laisser un trou dans le toit pour permettre à la fumée de s'échapper et nous ferions un feu sur le sol, à l'intérieur de la maison, protesta Maman. Les Indiens font comme ça.

Au cours de l'après-midi, elle lava les vêtements dans le cuveau, puis elle les mit à sécher sur l'herbe.

Après le dîner, ils demeurèrent assis quelque temps auprès du feu de camp. Cette nuit, ils allaient dormir dans la maison et ne dormiraient plus jamais auprès du feu de camp. Papa et Maman évoquèrent les membres de la famille, restés au Wisconsin. Maman aurait bien voulu leur envoyer une lettre. Mais la ville d'Independence se trouvait à près de soixante-dix kilomètres et ils ne pourraient envoyer aucune lettre avant que Papa n'eût fait le long voyage jusqu'à la poste.

Dans les grands bois, bien loin d'eux, Grand-père, Grand-mère, les tantes, les oncles et les cousins ignoraient encore où se trouvaient Papa, Maman, Laura, Marie et Bébé Carrie. Et ici, assis autour du feu de camp, aucun d'eux ne savait ce qu'il avait pu advenir aux habitants des grands bois. Ils ne disposaient d'aucun moyen pour communiquer.

— Eh bien, fit Maman, il est l'heure du coucher.

Bébé Carrie dormait déjà. Maman la transporta à l'intérieur et la déshabilla, tandis que Marie déboutonnait la robe et le jupon de Laura et que Papa tendait une courtepointe en travers de la porte. Cette courtepointe serait préférable à une absence totale de porte.

De dehors, il appela à voix basse :

— Sors un peu, Caroline, viens regarder la lune.

Mary et Laura, couchées dans leur petit lit sur le sol, à l'intérieur de la nouvelle maison, tournèrent leur regard vers le ciel, qu'elles apercevaient par la fenêtre ouverte à l'est. Le limbe de la grosse lune brillante luisait au bas du cadre. Laura s'assit. Elle regarda la grande lune monter silencieusement dans le ciel clair.

Ses rayons argentaient toutes les fentes de ce côté de la maison. Sa lumière pénétrait par le trou de la fenêtre et découpait un carré blafard sur le sol. Cette clarté était tout de même assez intense pour que Laura vît nettement Maman, quand celle-ci souleva la courtepointe qui masquait la porte.

Laura se recoucha très vite, avant que Maman

n'eût découvert qu'elle n'était pas sage et qu'elle était demeurée assise dans son lit.

Elle entendit Pet et Patty hennir doucement pour accueillir Papa, puis le sourd piétinement de leurs sabots fit vibrer la terre près de son oreille. Pet et Patty se rapprochaient de la maison. Laura entendit Papa chanter :

Poursuis ton voyage dans le ciel, ô, lune d'argent !

Inonde de ta lumière le ciel tout entier...

Sa voix se fondait avec la nuit, le clair de lune, le calme qui régnait sur la prairie.

Il arriva jusqu'au seuil, en chantant :

Sous la lumière pâle, argentée de la lune...

Maman dit doucement :

— Chut ! Charles. Tu vas réveiller les enfants.

Papa entra donc en silence. Jack, qui suivait sur ses talons, alla se coucher en travers de la porte. A présent, ils étaient tous à l'intérieur des solides murs de leur nouvelle petite maison. Ils s'y sentaient confortables et en sûreté. Laura, qui s'assoupissait, perçut encore un long hurlement de loup, au loin, dans la prairie, mais seul un petit frisson lui courut le long de la colonne vertébrale, avant qu'elle ne s'endorme tout à fait.

CHAPITRE 7

LA MEUTE DES LOUPS

En une seule journée, Papa et M. Edwards construisirent une écurie pour Pet et Patty. Ils réussirent même à la couvrir et travaillèrent si tard que Maman dut tenir le dîner au chaud pour eux.

Il n'y avait pas de porte à cette écurie, mais au clair de la lune, Papa enfonça deux larges poteaux de chaque côté de l'encadrement. Il mit Pet et Patty à l'intérieur de l'écurie, puis il posa des petites bûches refendues, l'une au-dessus de l'autre, en travers de ce cadre. Les poteaux les

soutenaient et formaient avec elles un mur solide.

— A présent, s'écria Papa, les loups peuvent bien hurler! Moi, je pourrai dormir cette nuit.

Au matin, quand Papa souleva les bûches de derrière les poteaux, Laura fut stupéfaite. Auprès de Pet, voilà qu'il y avait un petit poulain aux longues oreilles, qui vacillait sur ses longues pattes.

Quand Laura courut vers lui, la douce Pet baissa les oreilles et claqua des dents en direction de Laura.

— En arrière, Laura! ordonna Papa.

Puis il s'adressa à Pet :

— Voyons, Pet, tu sais qu'on ne fera pas de mal à ton petit.

Pet lui répondit par un léger hennissement.

Elle permettait à Papa de caresser son petit, mais ne laissait ni Laura, ni Marie s'en approcher. Et quand ces dernières glissaient un regard par les fentes des murs de l'écurie, Pet roulait des yeux furieux et leur montrait les dents. Elles n'avaient encore jamais vu de poulain aux oreilles aussi longues. Papa leur dit que c'était un jeune mulet. Laura prétendit qu'il ressemblait à un lapin. Elles baptisèrent donc le jeune mulet, Bunny (Jeannot).

Quand Pet était à l'attache et que Bunny caracolait autour d'elle, tout en découvrant le vaste monde, il fallait que Laura surveillât bien Bébé Carrie. Si quelqu'un d'autre que Papa faisait mine de s'approcher de Bunny, Pet poussait un cri aigu de rage et se précipitait sur l'intrus, prête à mordre.

Au début de cet après-midi du dimanche, Papa monta Patty et s'en fut explorer la prairie. Comme il y avait beaucoup de viande à la maison, il n'emporta pas son fusil.

Il s'éloigna à cheval dans les hautes herbes et suivit la crête de la falaise, qui dominait la rivière. Des oiseaux se levaient à son approche, décrivaient un cercle et se laissaient retomber dans les herbes. Papa examinait le fond de la vallée, tout en avançant. Peut-être observait-il les cerfs, qui paissaient, là en bas. Patty, soudain, prit le galop et très vite elle et Papa rapetissèrent. Bientôt, on ne vit plus que l'herbe mouvante à l'endroit où ils avaient disparu.

A la fin de l'après-midi, Papa n'était pas rentré. Maman attisa les braises, les couvrit de copeaux et commença à préparer le dîner. Marie s'occupait du bébé dans la maison, quand Laura demanda à Maman :

— Qu'est-ce qui le prend, Jack?

Jack marchait de long en large, l'air préoccupé. Il fronçait le nez au vent et ses poils se hérissaient sur sa nuque, puis se couchaient, avant de se dresser à nouveau. Les sabots de Pet résonnèrent soudain sourdement. Elle courait en rond autour de son piquet, puis s'immobilisait, tout en hennissant faiblement. Bunny se réfugia près d'elle.

— Qu'est-ce qu'il y a, Jack? demanda Maman.

Il leva les yeux vers elle, mais ne put lui répondre. Maman fouilla du regard le cercle de ciel et de terre qui s'offrait à sa vue. Elle ne remarqua rien d'anormal.

— Ce n'est probablement rien, Laura, fit-elle.

Elle ratissa des braises autour de la cafetière et de la poêle, puis en couvrit le couvercle de la marmite. La poule des prairies grésillait dans la poêle et les biscuits de maïs commençaient à sentir bon. Mais tout le temps que dura la préparation du repas, Maman ne cessa de jeter des regards sur la prairie alentour. Jack arpentait le terrain sans répit et Pet ne paissait pas. Elle faisait face au nord-ouest, la direction prise par Papa, et retenait son petit près d'elle.

Tout à coup, Patty surgit au galop du fond de la prairie. Ventre à terre, elle galopait aussi vite qu'elle le pouvait. Papa était presque complètement couché sur son encolure.

Elle dépassa l'écurie sans que Papa ait pu la freiner. Il l'arrêta si sèchement qu'elle faillit s'asseoir. Elle tremblait des pieds à la tête et sa robe noire était striée de sueur et d'écume. Papa mit pied à terre. Il respirait avec peine, lui aussi.

— Que se passe-t-il, Charles? lui demanda Maman.

Papa avait tourné les yeux vers la rivière, aussi Laura et Maman regardèrent-elles à leur tour de ce côté-là. Elles ne virent pourtant que l'espace qui s'étendait au-dessus de la vallée, d'où pointaient quelques cimes d'arbres, et les crêtes lointaines des falaises de terre, coiffées d'herbes de la Haute Prairie.

— Qu'y a-t-il? reprit Maman. Pourquoi faisais-tu galoper Patty comme cela?

Papa reprit longuement haleine.

— J'avais peur que les loups n'arrivent ici avant moi. Mais je vois que tout va bien.

— Des loups? s'écria-t-elle. Quels loups?

— Tout va bien, Caroline, reprit Papa. Laisse-moi reprendre mon souffle.

Quand il fut moins essoufflé, il lui expliqua :

— Ce n'est pas moi qui ai poussé Patty à galoper comme ça. J'ai dû faire tout mon possible pour me tenir en selle. Cinquante loups, Caroline, les plus gros loups que j'aie jamais vus. Je ne voudrais pas repasser par une épreuve comme celle-là, non, pas pour tout l'or du monde.

Une ombre courut alors sur la prairie, car le

soleil venait de se coucher, aussi Papa conclut-il simplement :

— Je te raconterai ça plus tard.

— Nous allons dîner dans la maison, déclara Maman.

— Ce n'est pas nécessaire, lui dit-il. Jack nous avertira bien assez à temps.

Il alla chercher Pet et son petit à l'attache. Il ne les mena pas avec Patty boire à la rivière, comme il le faisait d'habitude. Il leur donna l'eau du baquet de Maman, qu'il avait empli en prévision de la lessive du lendemain. Il frictionna les flancs écumants et les pattes de Patty, avant de la mettre à l'écurie, auprès de Pet et de Bunny.

Le dîner était prêt. Le feu de camp dessinait un cercle de lumière dans la nuit. Laura et Marie s'installèrent tout près du feu et veillèrent à ce que Bébé Carrie demeurât auprès d'elles. Elles sentaient la présence de la nuit environnante et ne cessaient de regarder derrière elles l'endroit où l'obscurité venait buter contre la lumière du feu. Les ombres y dansaient comme si elles avaient été des êtres vivants.

Jack s'était assis près de Laura. Le bord de ses oreilles était soulevé, car il écoutait la nuit. De temps à autre, il avançait de quelques pas dans l'obscurité. Il faisait le tour complet du feu de camp et revenait s'asseoir aux côtés de Laura.

Ses poils demeuraient couchés sur sa nuque épaisse et il ne grognait pas. S'il montrait un peu les dents, c'est qu'il était un bouledogue.

Laura et Marie mangèrent leurs biscuits de maïs et les pilons de la poule des prairies, tout en écoutant Papa raconter à Maman sa rencontre avec les loups.

Il s'était découvert plusieurs nouveaux voisins. Des colons qui arrivaient dans ce pays et s'installaient sur l'une ou l'autre berge de la rivière. A moins de cinq kilomètres, dans une cuvette de la Haute Prairie, un homme et sa femme étaient en train de construire une maison. Ils s'appelaient Scott et Papa disait qu'ils

étaient de braves gens. Près de dix kilomètres plus loin, deux célibataires vivaient dans la même maison. Ils avaient l'intention de cultiver deux exploitations, mais ils avaient construit la maison sur la ligne qui les séparait. La couchette de l'un de ces hommes était adossée à un mur et la couchette de l'autre au mur opposé. Ainsi chacun d'eux dormait-il sur sa terre, bien qu'ils aient eu en commun la même maison et que cette maison n'ait pas dépassé deux mètres cinquante de large. Ils cuisinaient et prenaient leur repas au milieu de la pièce [1].

Papa n'avait toujours pas mentionné les loups. Laura aurait bien voulu qu'il le fît. Mais elle savait qu'elle ne devait pas interrompre Papa quand il parlait.

Il dit ensuite que ces célibataires ignoraient qu'il y eût quelqu'un d'autre dans la région. Ils n'avaient encore vu que des Indiens. Ils étaient donc bien contents de rencontrer Papa et il était resté chez eux plus longtemps qu'il ne l'avait pensé.

Il avait alors poursuivi sa route. Du haut

1. Depuis 1862, une loi accordait à chaque personne qui occupait et exploitait le terrain un lot de 65 hectares du territoire national, sous réserve de payer dix dollars comptant et deux cents dollars sur cinq ans. Sur la Haute Prairie, les nouveaux arrivants espéraient que cette loi s'appliquerait très vite au Territoire indien, aussi s'installaient-ils déjà. (N.d.T.)

d'une petite butte dans la prairie, il avait aperçu une tache blanche, au fond de la vallée. Il s'était dit que ce devait être un chariot bâché et c'était bien cela, en effet. Quand il était arrivé à son niveau, il avait trouvé un homme, une femme et cinq enfants. Ils étaient venus de l'Iowa et avaient campé dans la vallée, parce que l'un de leurs chevaux était malade. Le cheval allait mieux, à présent, mais le mauvais air nocturne, si près de la rivière, leur avait donné des fièvres intermittentes. L'homme, la femme et trois des enfants étaient trop malades pour se lever. Les cadets, un garçon et une fille de l'âge de Marie et de Laura s'occupaient d'eux tous.

Papa avait donc fait ce qu'il avait pu pour eux, puis il était retourné sur ses pas pour avertir les célibataires de leur présence. L'un des deux hommes était aussitôt parti à cheval pour aider la famille à gagner la Haute Prairie, où, grâce au bon air, ils se remettraient très vite.

Une chose en ayant entraîné une autre, Papa avait pris le chemin du retour plus tard qu'il n'en avait eu l'intention. Il avait suivi un raccourci à travers la prairie et il avançait au demi-trot avec Patty, quand, brusquement, au sortir d'un petit couloir, il avait vu surgir une meute de loups. En un instant, ils avaient encerclé Papa.

— C'était une grande meute, expliqua Papa.

Elle comprenait au moins cinquante loups et les plus gros loups que j'aie jamais vus de ma vie. Ce devaient être ce que l'on appelle des loups à bisons. Leur chef, une grande bête grise, avait bien quatre-vingt-dix centimètres au garrot. Je t'assure que mes cheveux se sont dressés sur ma tête.

— Et tu n'avais pas ton fusil, dit Maman.

— J'y ai pensé. Mais mon fusil ne m'aurait été d'aucune utilité, même si je l'avais eu. On ne peut lutter contre cinquante loups avec un seul fusil. Et Patty ne pouvait les distancer à la course.

— Qu'as-tu fait? demanda Maman.

— Rien du tout, répondit Papa. Patty a tenté de se mettre au galop. Il n'y a rien que j'eusse plus souhaité au monde que de pouvoir sortir de là. Mais je savais que si Patty faisait mine de s'élancer, les loups seraient sur nous en une minute et nous jetteraient à bas. J'ai donc obligé Patty à continuer au pas.

— Miséricorde, Charles! dit Maman, tout bas.

— Oui. Je ne voudrais pas revivre un tel moment, même si on m'offrait n'importe quoi. Caroline, je n'ai jamais rencontré de tels loups. Il y avait un gros mâle qui trottait à nos côtés, juste à la hauteur de mon étrier. J'aurais pu lui donner un coup de pied dans les côtes. Aucun d'eux ne me prêtait la moindre attention. Ils avaient sans doute abattu une proie et mangé tout leur saoul.

« Je te le dis, Caroline, ces loups se sont contentés de nous serrer de près, Patty et moi, et de trotter avec nous. En plein jour. On aurait juré une meute de chiens accompagnant un cheval. Ils étaient tout autour de nous, trottant du même pas, sautant, jouant et se mordillant, tout comme l'auraient fait des chiens. »

— Miséricorde, Charles! répéta Maman.

Le cœur de Laura battait très fort. La bouche ouverte, elle écarquillait les yeux et ne pouvait les détacher du visage de Papa.

— Patty tremblait des pieds à la tête et tirait sur le mors, poursuivit Papa. Elle ruisselait de sueur, tellement elle avait peur. Je transpirais moi-même. Mais je la retenais au pas et nous continuions à avancer lentement au milieu des loups. Ils nous ont accompagnés sur quatre cents mètres, si ce n'est davantage. Le gros mâle dont je t'ai parlé trottait à la hauteur de mon éperon, comme s'il avait eu l'intention de ne pas me quitter.

« C'est alors que nous sommes arrivés au point où le couloir descendait brusquement vers le lit de la rivière. Le grand chef gris s'est engagé dans la descente et tout le reste de la meute l'a suivi. Dès que le dernier eut pénétré dans ce goulet, j'ai lâché les rênes à Patty.

« Elle a piqué droit sur la maison, à travers la prairie. Et elle n'aurait pas couru plus vite si je l'avais cravachée. J'étais mort de peur tout du long. Je craignais que les loups ne soient venus de ce côté-ci plus vite que moi. J'étais content que tu aies le fusil, Caroline. Et heureux que la maison ait été construite. Je savais que tu réussirais à interdire la maison aux loups, avec le fusil. Mais Pet et le petit étaient dehors. »

— Tu n'avais pas besoin de te tourmenter, Charles, lui dit Maman. Je pense que j'aurais pu sauver nos chevaux.

— Je n'avais pas tout mon bon sens, à ce moment-là, reconnut Papa. Je sais bien que tu aurais sauvé les chevaux, Caroline. Ces loups ne t'auraient pas attaquée, de toute manière. S'ils avaient été affamés, je ne serais pas là pour...

— Il y a des petits bols qui ont de grandes oreilles, dit Maman.

Elle voulait dire par là qu'il ne devait pas effrayer Marie et Laura.

— Enfin, tout est bien qui finit bien, conclut Papa. Et ces loups sont à des kilomètres d'ici, à présent.

— Qu'est-ce qui les a poussés à faire comme ça? voulut savoir Laura.

— Je n'en sais rien, Laura, avoua-t-il. Je suppose qu'ils étaient repus et qu'ils se rendaient à la rivière pour boire. Peut-être étaient-ils aussi en train de jouer dans la prairie et ne faisaient-ils attention qu'à leur jeu, comme les petites filles s'absorbent dans les leurs, quelquefois. Peut-être encore avaient-ils vu que je n'avais pas de fusil et que je ne pouvais pas leur faire de mal. Peut-être enfin n'avaient-ils jamais rencontré d'homme auparavant et ignoraient-ils que les hommes peuvent leur faire du mal. Voilà pourquoi ils ne m'auraient pas prêté attention.

Pet et Patty n'arrêtaient pas de tourner en rond à l'intérieur de l'écurie. Jack décrivait un cercle autour du feu de camp. Quand il s'immobilisa pour prendre le vent et écouter, ses poils se hérissèrent sur sa nuque.

— Il est l'heure du coucher pour les petites filles! dit Maman, sur un ton joyeux.

Bébé Carrie elle-même n'avait pas encore sommeil, mais Maman les fit toutes rentrer dans la maison. Elle demanda à Marie et à Laura de se mettre au lit, puis elle enfila une petite chemise de nuit à Bébé Carrie, avant de la coucher dans le grand lit. Elle ressortit alors pour laver la vaisselle. Laura aurait voulu que Papa et Maman viennent dans la maison. Ils lui paraissaient si loin quand ils étaient dehors.

Marie et Laura étaient sages, elles se tenaient tranquilles, mais Carrie était assise et jouait toute seule, dans le noir. En dépit de l'obscurité, elles virent le bras de Papa surgir de derrière la courtepointe tendue devant la porte et silencieusement décrocher le fusil. Près du feu de camp, les assiettes en fer-blanc cliquetaient. Puis un couteau gratta la poêle. Papa et Maman se parlaient. L'odeur du tabac parvenait jusqu'à Laura.

On était en sécurité dans la maison, mais on n'en avait pas l'impression car le fusil de Papa ne se trouvait plus au-dessus de la porte. De plus, il n'y avait pas de porte, il n'y avait que la courtepointe.

Au bout d'un temps très long, Maman écarta la courtepointe. Bébé Carrie s'était déjà endormie. Maman et Papa entrèrent tout doucement et tout doucement se couchèrent. Jack s'était allongé en travers de la porte, mais son menton ne reposait pas sur ses pattes. Elle ne voyait pas si les poils de sa nuque étaient hérissés.

Brusquement, elle se retrouva assise dans son lit. Elle avait déjà dormi. L'obscurité avait disparu. La lumière de la lune ruisselait par l'ouverture de la fenêtre et ses rayons se coulaient par toutes les fentes du mur situé du même côté. La sombre silhouette de Papa se découpait à la clarté de la lune devant la fenêtre. Il tenait son fusil.

Tout contre l'oreille de Laura, un loup se mit à hurler.

Elle s'écarta du mur, les épaules voûtées. Le loup était juste de l'autre côté. Laura avait trop peur pour émettre le moindre son. Ce n'étaient plus seulement des frissons qui lui couraient le long de l'échine. Cette fois, elle se sentait glacée. Marie tira sa courtepointe au-dessus de sa tête. Jack gronda et montra les dents en direction de la courtepointe tendue devant la porte.

— Reste tranquille, Jack, ordonna Papa.

Des hurlements terrifiants vinrent rouler dans

le moindre recoin de la maison et Laura sortit de son lit. Elle aurait voulu aller rejoindre Papa, mais elle savait bien qu'elle ne devait pas le déranger pour le moment. Il tourna la tête et la vit debout, dans sa chemise de nuit.

— Tu veux les voir, Laura? demanda-t-il, à voix basse.

Laura ne pouvait parler, mais elle hocha la tête et traversa la pièce à pas feutrés pour le rejoindre. Il appuya son fusil contre le mur, puis la souleva pour l'amener au niveau du trou de la fenêtre.

Là, au clair de lune, les loups formaient un demi-cercle. Ils étaient assis sur leur arrière-train et regardaient Laura à la fenêtre, tout comme elle les regardait. Elle n'avait encore jamais vu d'aussi gros loups. Le plus gros d'entre eux était plus haut qu'elle. Il était même plus grand que Marie. Il était assis au milieu, exactement en face de Laura. Tout en lui était important — les oreilles dressées, le museau pointu à la langue pendante, la forte carrure, les deux grosses pattes avant jointes, la queue enroulée autour de l'arrière-train. Sa crinière hirsute était grise et ses yeux verts luisaient.

Laura glissa ses orteils dans une fente du mur, croisa les bras sur la dosse de la fenêtre et contempla, contempla longuement ce loup. Elle ne passa pas, toutefois, sa tête par la fenêtre pour se pencher au-dehors, là où tous ces loups étaient assis, si près d'elle, remuant les pattes et se léchant les babines. Papa restait immobile contre son dos et enserrait sa taille d'un bras.

— Il est terriblement gros, murmura Laura.

— Oui. Et regarde comme il a un pelage luisant, murmura Papa, dans ses cheveux.

Les rayons de lune jouaient dans les poils de la crinière hirsute du grand loup.

— Ils forment un cercle tout autour de la maison, lui dit Papa, toujours dans un murmure.

Laura le suivit à petits pas pressés jusqu'à la fenêtre d'en face. Il appuya le fusil contre ce mur-là et la prit à nouveau dans ses bras. Et là, comme il l'avait annoncé, se trouvait l'autre demi-cercle de loups. Leurs yeux verts étincelaient dans l'ombre de la maison. Quand ils se rendirent compte que Papa et Laura les regardaient, ceux du milieu reculèrent un peu.

Pet et Patty poussaient des hennissements aigus et couraient en rond dans la grange. Elles grattaient la terre de leurs sabots ou ruaient contre les murs.

Au bout d'un moment, Papa retourna à la première fenêtre et Laura le suivit. Ils arrivèrent juste à temps pour voir le grand loup lever son museau et le pointer droit vers le ciel. Sa gueule s'ouvrit et un hurlement monta vers la lune.

Alors, tout autour de la maison, les loups assis en rond pointèrent à leur tour leur museau vers le ciel et lui répondirent. Leur appel résonnait dans toute la maison, emplissait la nuit baignée de lune et vibrait dans le silence immense de la prairie.

— A présent, retourne te coucher, ma petite chopine. Va dormir. Jack et moi veillons sur vous toutes.

Laura retourna donc se mettre au lit. Mais longtemps encore, elle ne put se rendormir. Elle restait là, couchée, à écouter les loups respirer de l'autre côté du mur de rondins. Elle entendait leurs griffes gratter le sol et le nez de l'un ou de l'autre qui venait se poser contre une fente pour renifler. Elle entendit le grand chef gris hurler une fois encore, puis tous les autres lui répondre.

Papa, cependant, allait tranquillement d'une ouverture de fenêtre à l'autre et Jack ne cessait de marcher de long en large devant la courte-pointe tendue. Les loups hurleraient tant qu'ils le voudraient, ils ne pourraient entrer tant que Papa et Jack seraient là.

Le sachant, Laura, enfin, s'endormit.

CHAPITRE 8

DEUX PORTES SOLIDES

Laura sentit une douce chaleur lui baigner le visage et elle ouvrit les yeux au soleil du matin. Marie parlait à Maman près du feu. Laura courut dehors, toute nue sous sa chemise de nuit. Il n'y avait pas le moindre loup en vue. Le sol était couvert de leurs empreintes autour de la maison et de l'écurie.

Papa revenait en sifflant par le chemin de la rivière. Il reposa le fusil sur ses crochets avant d'y mener boire Pet et Patty, comme de coutume. Il avait suivi la piste des loups sur une distance telle qu'il les savait loin, à présent, partis à la poursuite d'un troupeau de cerfs.

Les mustangs firent un écart en croisant les traces des loups et dressèrent les oreilles avec nervosité, mais elles suivirent Papa sans résistance. Ce dernier savait qu'elles n'avaient rien à redouter.

Le petit déjeuner était prêt. Quand Papa revint de la rivière, ils prirent tous place autour du feu et mangèrent des gaudes sautées et du hachis de poule des prairies. Papa annonça qu'il allait faire une porte le jour même. Il voulait qu'il y eût autre chose qu'une courtepointe pour les isoler des loups, la prochaine fois.

— Je n'ai plus de clous, observa-t-il, mais je n'attendrai pas d'avoir fait le voyage à Independence pour m'en procurer. Il n'est pas indispensable d'avoir des clous pour monter une maison ou une porte.

Le petit déjeuner achevé, il attela Pet et Patty, puis, prenant sa hache, il alla chercher du bois pour la porte. Laura aida à faire la vaisselle et à faire les lits, mais ce jour-là, Marie fut chargée de s'occuper du bébé. Laura aida Papa à faire la porte. Marie le regardait, mais Laura lui tendait ses outils.

Avec la scie, il découpa les rondins à la bonne longueur. Il scia des sections plus courtes pour les traverses. Puis, avec la hache, il fendit les rondins en dosses, avant de les écorcer avec soin. Il assembla les longues dosses et posa les plus courtes en travers. Alors, à l'aide de la tarière, il fora des trous dans les traverses et jusque dans les longues dosses. Dans chacun de ces trous, il inséra une cheville de bois qui s'y ajustait avec précision.

Ceci fit la porte. C'était une bonne porte de chêne, résistante et solide.

Pour les gonds, il coupa trois longues lanières. L'un des gonds serait placé près du haut de la porte, le second, en bas, et le troisième, au milieu.

Il les fixa tout d'abord à la porte de la manière suivante. Il posa un petit morceau de bois sur la porte, y perça un trou de façon à pénétrer dans la porte elle-même. Il replia ensuite une extrémité de la lanière autour du petit morceau de bois et il fit des trous ronds, à l'aide de son couteau. Il reposa le petit morceau de bois sur la porte, en maintenant une extrémité de la lanière au-dessous et en posant l'autre par-dessus. Tous les trous coïncidaient pour n'en plus faire qu'un. Laura lui tendit une cheville et le marteau. Il inséra la cheville dans le trou. La cheville passa à travers la lanière, le petit morceau de bois, l'autre extrémité de la lanière et pénétra dans la porte. Ceci empêchait la lanière de se relâcher.

— J'avais bien dit qu'on n'avait pas besoin de clous! s'écria Papa.

Quand il eut fixé les trois gonds à la porte, il posa la porte dans son cadre. Elle s'y ajustait bien. Il chevilla alors des languettes de bois aux toutes premières dosses, de chaque côté de l'encadrement, afin d'empêcher la porte de s'ouvrir vers l'extérieur. Il remit la porte en place et Laura s'y appuya pour la maintenir dans cette position tout le temps nécessaire à Papa pour fixer les gonds au chambranle.

Auparavant, pourtant, il avait posé un loquet, car bien entendu, il fallait disposer d'un moyen pour garder la porte fermée.

Voici de quelle façon il s'y prit pour faire le loquet. En premier lieu, il tailla à la hache une courte mais épaisse tige de chêne, le mentonnet. Sur un côté de celle-ci, au milieu, il pratiqua une large et profonde entaille. Il chevilla cette étroite tige à l'intérieur de la porte, en haut, en bas, et près du bord. Il posa le côté entaillé contre la porte, de manière à ce que l'encoche laissât un peu de jeu.

Il dégrossit et amenuisa une seconde planche, plus longue et plus étroite. Cette planchette était assez mince pour pouvoir glisser facilement dans la fente. Il en inséra une extrémité à travers la fente, puis chevilla l'autre à la porte.

Toutefois, il ne la chevilla pas trop serrée. La cheville était solide et ne branlait pas dans la porte, mais le trou de la longue planchette était plus grand que la cheville. La seule chose qui retenait cette planchette à la porte, c'était le mentonnet.

La planchette portait le nom de clenche. Elle tournait facilement sur la cheville et son extrémité libre se levait ou s'abaissait dans le mentonnet. En outre, l'extrémité libre était assez longue pour glisser à travers le mentonnet, dépasser le jour demeuré entre la porte et le mur, puis aller reposer contre le mur, quand la porte était fermée.

Une fois que Papa et Laura eurent posé la

porte dans son cadre, Papa fit une marque sur le mur, à l'endroit où arrivait l'extrémité de la clenche. Au-dessus de ce point, il chevilla au mur un épais morceau de chêne. Ce morceau de chêne était découpé en haut, afin que la clenche pût s'insérer entre lui et le mur.

Laura ferma alors la porte, puis, tout en la poussant, souleva l'extrémité de la clenche aussi haut qu'elle put la monter dans le mentonnet. Elle la laissa retomber alors derrière l'épais morceau de chêne. Ceci maintenait la clenche en position contre le mur et le mentonnet, qui lui permettait de monter et de descendre, retenait, quant à lui, la clenche dans sa fente, contre la porte.

Personne ne pouvait pénétrer dans la maison, sans briser la solide clenche.

Il fallait maintenant trouver le moyen de soulever la clenche de l'extérieur. Voilà pourquoi Papa façonna un cordon de loquet. Il le découpa dans une longue bande de bon cuir. Il en attacha un bout à la clenche, entre la cheville et la fente. Au-dessus de la clenche, il perça un petit trou dans la porte, puis il enfila l'autre bout du cordon à travers ce trou.

Laura se trouva dehors. Quand l'extrémité du cordon sortit par le trou, elle s'en empara et le tira. Elle était capable de tirer assez fort pour soulever la clenche et ouvrir la porte, ce qui lui permettrait d'entrer sans aide dans la maison.

La porte était terminée. Elle était robuste, solide, faite de chêne épais, soutenu par des traverses, en chêne, elles aussi, le tout étant assemblé par de bonnes, de solides chevilles. Le cordon de loquet pendait au dehors. Si l'on voulait entrer, on tirait le cordon. Si l'on était à l'intérieur et si l'on ne voulait pas laisser entrer les gens qui se présentaient au dehors, on tirait le cordon du loquet à l'intérieur et nul ne pouvait entrer. Il n'y avait pas de poignée à cette porte et elle ne comportait ni serrure, ni clé. C'était tout de même une bonne porte.

— J'appelle ça une bonne journée de travail! dit Papa. Et j'ai eu une fameuse petite aide.

D'une main, il attira le sommet de la tête de Laura et la serra contre lui avec affection. Il rassembla ensuite ses outils et les rangea en sifflotant. Il alla ensuite chercher Pet et Patty à l'attache pour les mener à l'eau. Le soleil se couchait, la brise fraîchissait et le dîner qui cuisait sur le feu dégageait, pour Laura, les odeurs les plus engageantes.

Il y avait du porc salé, au menu de ce dîner. Comme c'était la fin du porc salé, Papa s'en fut chasser le lendemain. Mais le surlendemain, Laura et lui firent la porte de l'écurie.

Elle était faite exactement comme la porte de la maison, à l'exception du cordon. Pet et Patty ne comprenaient rien à l'emploi des cordons de loquet et n'auraient pas su tirer un cordon à l'intérieur, une fois la nuit tombée. Aussi, au lieu d'un cordon, Papa perça-t-il un trou dans la porte et fit-il coulisser une chaîne au travers de ce trou.

Le soir venu, il faisait passer un bout de la chaîne par une fente entre les rondins du mur de l'écurie et il cadenassait ensemble les deux bouts. Ainsi, personne ne pouvait pénétrer dans l'écurie.

— A présent, nous sommes bien parés! constata Papa.

Quand on commençait à voir arriver des voisins, dans une région donnée, il était préférable de bien enfermer ses chevaux pour la nuit, car où il y a des cerfs, il y a des loups, mais où il y a des chevaux, il y a des voleurs de chevaux.

Ce soir-là, au dîner, Papa déclara à Maman :

— A présent, Caroline, dès que nous aurons monté la maison d'Edwards, je te construirai une cheminée pour que tu puisses faire la cuisine dans la maison, à l'abri du vent et des tempêtes. Il me semble que je n'ai jamais vu un endroit aussi ensoleillé que celui-ci, mais j'imagine qu'il pleuvra bien un jour.

— C'est vrai, Charles, lui répondit Maman. Le beau temps n'est jamais éternel, sur cette terre.

CHAPITRE 9

UN FEU DANS L'ÂTRE

A l'extérieur de la maison, près du mur de rondins qui faisait face à la porte, Papa élimina l'herbe et aplanit le sol. Il préparait un emplacement pour y construire la cheminée.

Avec l'assistance de Maman, il replaça la caisse du chariot sur les roues, puis il attela Pet et Patty.

Le soleil levant raccourcissait les ombres. Des centaines de sturnelles s'élevaient au-dessus de la prairie et chantaient en plein vol, plus haut, toujours plus haut, dans les airs. Les notes de leurs chants tombaient du grand ciel clair comme une pluie de musique. Et partout, au sol, là où les herbes ondoyaient et murmuraient sous le vent, des milliers de petits passereaux s'agrippaient de leurs minuscules griffes aux herbes en fleurs, tout en lançant leurs milliers de petits chants.

Pet et Patty humèrent le vent et hennirent de joie. L'encolure arquée, elles piaffaient d'impatience. Papa sifflotait au moment où il se hissa sur le siège du chariot et prit les rênes en main. Puis il baissa les yeux vers Laura, qui levait les siens vers lui, s'arrêta de siffler et demanda :

— Vous voulez venir avec moi, Laura ? Toi et Marie ?

Maman leur en donna la permission. Elles grimpèrent aux roues en s'accrochant aux rayons avec leurs doigts de pied nus et prirent place sur le haut siège du chariot, aux côtés de Papa. Pet et Patty prirent le départ avec un petit saut et le chariot suivit cahin-caha le chemin que ses roues avaient tracé.

Ils descendirent entre les parois de terre rougeâtres et dénudées, toutes sillonnées d'arêtes et plissées par des ruissellements fort anciens. Puis ils traversèrent la zone vallonnée du lit de la rivière. Les arbres s'étaient multipliés sur certaines de ces basses collines arrondies, tandis que d'autres étaient simplement couvertes d'herbes. Des cerfs se reposaient à l'ombre des arbres, tandis que d'autres cerfs paissaient au soleil, dans l'herbe verte. Ils levaient la tête, dressaient les oreilles et ruminaient sans bouger, mais ils suivaient le chariot de leurs grands yeux doux.

Tout au long de la route, les pieds-d'alouette sauvages secouaient leurs fleurs roses, bleues ou blanches, des oiseaux faisaient de l'équilibre sur les plumes jaunes des gerbes d'or et les papillons voletaient. Les pâquerettes étoilées éclairaient de leur présence l'ombre des arbres. Des écureuils babillaient dans les branches, des lapins à queue blanche sautillaient de part et d'autre de la piste et des serpents la traversaient en rapides ondulations, à l'approche du chariot.

Tout à fait en bas, dans la partie la plus encaissée de la vallée, la rivière coulait, à l'ombre de buttes de terre. Quand Laura leva les yeux pour examiner le haut de ces berges, il lui fut impossible d'apercevoir l'herbe de la Haute Prairie. Des arbres s'étaient fixés aux endroits où s'étaient produit des éboulis, mais là où la terre était trop escarpée pour que les arbres y subsistent, des buissons s'accrochaient avec acharnement. Très haut, au-dessus de sa tête, Laura apercevait des racines à demi dénudées, qui pendaient dans le vide.

— Où sont les campements des Indiens? demanda-t-elle.

Papa avait vu des campements désertés par les Indiens, ici, sur les rives. Il était toutefois trop occupé pour pouvoir les y emmener ce jour-là. Il voulait se procurer de gros galets pour faire la cheminée.

— Vous pouvez jouer, les petites filles, leur dit-il, mais que je ne vous perde pas de vue. N'allez pas non plus dans l'eau. Et ne jouez pas avec les serpents. Il y a des serpents, ici, qui sont venimeux.

Laura et Marie jouèrent donc au bord de la rivière, pendant que Papa dégageait des galets et les chargeait dans le chariot.

Elles regardèrent les nèpes à longues pattes glisser à la surface de trous d'eau unis comme des miroirs. Elles coururent sur la berge pour faire peur aux grenouilles et rirent des ploufs des grenouilles en habits verts et en gilets blancs. Elles écoutèrent l'appel des ramiers, porté d'un arbre à l'autre, et le chant des grives brunes. Elles virent les vairons nager de concert aux endroits peu profonds où la rivière courait en scintillant. Les vairons n'étaient que de minces petites ombres grises dans l'eau ridée, mais de temps à autre, l'un des vairons lançait un éclair, en tournant au soleil son ventre argenté.

Il n'y avait pas de vent, au bord de la rivière. L'air était immobile, chaud, engourdissant. Il était chargé d'une odeur de racines mouillées et de vase, empli du bruissement des feuilles et du clapotis de l'eau.

Dans les fonds vaseux où les cerfs avaient laissé leurs nombreuses traces et où chaque empreinte de sabot retenait l'eau, des nuées de moustiques s'élevaient dans un susurrement aigu et pénétrant. Laura et Marie se donnaient des tapes sur le visage, le cou, les mains ou les jambes pour chasser les moustiques et elles se disaient qu'elles auraient bien aimé aller patauger. Elles avaient si chaud et l'eau avait l'air si fraîche. Laura était sûre qu'il n'y aurait pas de mal à y tremper ne serait-ce qu'un pied, et à un moment où Papa avait le dos tourné, elle fut tentée d'essayer.

— Laura ! avertit Papa.

Elle retira le pied coquin.

— Si vous voulez patauger dans l'eau, les petites filles, poursuivit Papa, vous pouvez le faire là où ça n'est pas profond. N'y allez pas plus haut que les chevilles.

Marie ne pataugea qu'un petit moment. Elle trouva que les graviers lui faisaient mal aux pieds, alla s'asseoir sur un tronc d'arbre et recommença patiemment à chasser les moustiques. Mais Laura continua à patauger, tout en se donnant des tapes. Quand elle se déplaçait, les graviers lui faisaient mal. Quand elle s'immobilisait, les petits vairons se massaient autour de ses doigts de pieds et les exploraient de leurs minuscules bouches. Laura avait l'impression amusante d'être chatouillée. Elle essaya d'attraper un vairon, mais elle ne réussit qu'à mouiller le bas de sa robe.

Enfin, le chariot fut plein.

Papa appela :

— Venez, les petites filles!

Ils remontèrent sur le siège du chariot et quittèrent le bord de la rivière. Ils remontèrent par les bois et les collines jusqu'à la Haute Prairie, où les vents ne cessaient jamais de souffler, où les herbes semblaient chanter, murmurer et rire.

Elles s'étaient bien amusées, dans la vallée. Mais Laura lui préférait la Haute Prairie. La prairie était si vaste, si douce, encore si intouchée.

L'après-midi, Maman s'assit pour coudre à l'ombre de la maison. Bébé Carrie jouait sur une courtepointe près d'elle, tandis que Laura et Marie regardaient Papa monter la cheminée.

Il commença par délayer de la terre argileuse et de l'eau dans le seau à eau des mustangs, afin de faire une boue très épaisse. Il permit à Laura de remuer la boue pendant qu'il posait une rangée de galets sur les trois côtés de l'espace qu'il avait dégagé contre le mur de la maison. A l'aide d'une palette de bois, il étala alors la boue sur les galets. Il aligna une seconde rangée de

galets qu'il enduisit sur le dessus et sur la face interne avec une nouvelle couche de boue.

Il éleva ainsi un rectangle au-dessus du sol. Trois des côtés de ce rectangle étaient faits de galets liés de terre, le quatrième étant formé par le mur de rondins de la maison.

En empilant galets et boue sur d'autres galets et d'autres couches de boue, il éleva les parois de la cheminée jusqu'à la hauteur du menton de Laura. Sur ces parois et contre la maison, il posa un rondin en équilibre. Il enduisit entièrement de boue ce rondin.

Après quoi, il recommença à faire monter galets et enduit. Il en arrivait à présent à la partie supérieure de la cheminée et il la faisait de plus en plus étroite.

Il lui fallut retourner à la rivière chercher d'autres galets. Laura et Marie ne purent l'accompagner une seconde fois, car Maman affirma que l'air humide pourrait leur donner les fièvres. Marie s'assit à côté de Maman et cousut une autre pièce de sa courtepointe en neuf morceaux, pendant que Laura préparait un nouveau seau de boue.

Le lendemain, Papa fit monter le conduit de la cheminée jusqu'en haut du mur de la maison. Puis il s'arrêta pour le regarder. Il se passa les doigts dans les cheveux.

— Tu as l'air égaré, Charles, remarqua

Maman. Tes cheveux se dressent tout droit sur ta tête.

— Ils se redressent toujours, de toute manière, Caroline, lui répondit-il. Au temps où je te faisais la cour, ils ne voulaient jamais rester plaqués, quelle qu'ait été la quantité de graisse d'ours dont j'usais.

Il se coucha dans l'herbe à ses pieds.

— Je suis complètement éreinté d'avoir soulevé des galets tout là-haut.

— Tu as bien travaillé pour avoir élevé cette cheminée si haut à toi tout seul, lui dit Maman.

Elle lui passa une main dans les cheveux. Ils se hérissèrent plus que jamais.

— Pourquoi ne terminerais-tu pas avec du torchis et du bois? lui demanda-t-elle.

— Eh bien, ce serait plus facile, reconnut-il. Que je sois pendu si je ne fais pas comme ça, après tout.

D'un bond, il fut debout.

Maman protesta :

— Reste donc ici à l'ombre et repose-toi un petit peu.

Mais il secoua la tête.

— Ça ne sert à rien de se prélasser ici quand il y a du travail à faire, Caroline. Plus vite j'aurai terminé cette cheminée et plus vite tu pourras faire la cuisine à l'intérieur, à l'abri du vent.

Il alla chercher de jeunes arbrisseaux. Il les débita en tronçons, les encocha et les empila, comme il l'avait fait pour les murs de la maison, par-dessus la cheminée de pierre. Au fur et à mesure qu'il les mettait en place, il les badigeonnait fortement de boue. Et c'est ainsi qu'il acheva la cheminée.

Il se rendit alors à l'intérieur de la maison. Avec sa hache et sa scie, il découpa un trou dans le mur. Il entailla les rondins qui constituaient le quatrième mur, au bas de la cheminée. Ceci allait être l'âtre.

Il était assez vaste pour que Laura, Marie et Bébé Carrie puissent s'y asseoir. Au fond, apparaissait le sol que Papa avait désherbé, et en avant, l'endroit où Papa avait découpé les rondins. Au-dessus de cet espace se trouvait le rondin que Papa avait entièrement enrobé d'argile.

De part et d'autre, Papa chevilla une épaisse planche de chêne vert aux extrémités sciées des rondins. Puis, aux angles supérieurs du foyer, il chevilla des tronçons de chêne au mur. Enfin, sur ces tronçons, il fit reposer une planche de chêne qu'il chevilla solidement. Cette planche servirait de manteau à la cheminée.

Dès qu'elle fut en place, Maman posa au milieu de cette tablette la petite poupée de

porcelaine qu'elle avait apportée de la maison des grands bois. La petite poupée de porcelaine avait fait tout ce long voyage sans se casser. Elle était là, debout, sur la tablette de la cheminée, avec ses petits souliers, ses larges jupes, son étroit corsage, ses joues roses, ses yeux bleus et ses cheveux blonds de porcelaine.

Alors, Papa, Maman, Marie et Laura vinrent contempler et admirer la cheminée. Seule, Carrie n'y prêta pas attention. Elle montra du doigt la petite poupée de porcelaine et se mit à hurler quand Marie et Laura lui dirent que personne, sauf Maman, ne pouvait la toucher.

— Il faudra que tu fasses attention avec ton feu, Caroline, enjoignit Papa. Il vaut mieux qu'il n'y ait pas d'étincelles qui volent dans la cheminée et qui aillent mettre le feu au toit. Cette bâche brûlerait facilement. Je préparerai des bardeaux, dès que je le pourrai, et je ferai un toit qui ne te causera plus de soucis.

Maman prépara donc avec soin un petit feu dans le nouveau foyer et elle y fit rôtir une poule des prairies pour le dîner. Et ce soir-là, ils dînèrent dans la maison.

Ils avaient pris place à la table, près de la fenêtre de l'ouest. Papa l'avait rapidement faite avec deux planches de chêne. Une des extrémités des planches était insérée dans une fente du mur, l'autre reposant sur de courts rondins, posés debout. Papa avait dégauchi les planches à la hache. Une fois que Maman eut posé une nappe dessus, la table eut l'air très jolie.

Les chaises étaient de simples billots. Le sol n'était encore que de la terre battue, mais Maman l'avait balayé avec son balai de branches de saule. A même le sol, dans les angles de la pièce, les lits avaient bonne allure sous leurs courtepointes matelassées. Les rayons du soleil couchant entraient par la fenêtre et emplissaient la maison de lumière dorée.

Au dehors, loin, loin, très loin, jusqu'à l'horizon bordé de rose, le vent soufflait et les herbes folles ondulaient.

A l'intérieur de la maison, il régnait une atmosphère plaisante. Laura sentait le jus du bon poulet rôti lui couler dans la bouche. Son visage et ses mains étaient propres, ses cheveux bien peignés, sa serviette, nouée autour de son cou. Elle était assise bien droite sur sa bille de bois et se servait avec soin de son couteau et de sa fourchette, comme Maman le lui avait appris. Elle ne disait rien, parce que les enfants ne doivent pas parler à table, à moins d'y avoir été invités, mais elle regardait Papa, Maman, Marie ou Bébé Carrie sur les genoux de Maman et elle éprouvait une impression de bien-être. Il était très agréable de vivre à nouveau dans une maison.

CHAPITRE 10

UN TOIT ET UN PLANCHER

Chaque jour, Laura et Marie étaient fort occupées du matin au soir. Quand la vaisselle était lavée et les lits remis en ordre, il restait toujours beaucoup à faire, à voir, à entendre.

Elles allaient chercher les nids d'oiseaux dans les hautes herbes, et quand elles en trouvaient, les mamans oiseaux criaillaient et protestaient. Il leur arrivait d'effleurer un nid du bout des doigts, et en un instant, le nid plein de duvet se changeait en un nid plein de becs grands ouverts, piaillant de faim. Quand la maman

oiseau protestait, indignée, Marie et Laura s'éloignaient doucement, car elles ne voulaient pas trop la tourmenter.

Couchées dans les hautes herbes, silencieuses comme des petites souris, elles regardaient des couvées de poussins des prairies courir et picorer autour de leurs mères aux plumes d'un brun satiné, qui gloussaient anxieusement. Elles suivaient des yeux des serpents striés, qui se coulaient entre les tiges des graminées ou s'immobilisaient si bien que seules, les ondulations de leurs petites langues minces et l'éclat de leurs yeux révélaient qu'ils étaient vivants. C'étaient des serpents jarretière, qui ne faisaient de mal à personne, mais Laura et Marie ne les touchaient pas. Maman disait toujours qu'il valait mieux laisser les serpents tranquilles : certains serpents pouvaient mordre, aussi était-il préférable d'être prudent, plutôt que puni.

Parfois aussi elles tombaient sur un grand lapin gris, si tranquille, au milieu des lumières et des ombres de sa touffe d'herbe, qu'on arrivait assez près de lui pour le toucher, avant même de l'avoir découvert. Alors, si on était très silencieux, on pouvait l'observer pendant un long moment. Il vous fixait de ses yeux ronds, sans la moindre expression. Son nez frémissait et la lumière du soleil paraissait rose, vue en transparence à travers ses longues oreilles où couraient des veines délicates. A l'extérieur, elles étaient couvertes de poils ras, d'une douceur extrême. Ailleurs, sa fourrure paraissait si épaisse, si moelleuse, qu'à la fin on ne pouvait s'empêcher d'essayer, très prudemment, de l'effleurer.

Il disparaissait alors en un clin d'œil et l'endroit où il s'était tenu formait un creux lisse, qui conservait encore la chaleur de son chaud petit derrière.

Tout au long du jour, bien entendu, Laura et Marie surveillaient Bébé Carrie, sauf quand elle dormait, l'après-midi. A cette heure-là, elles s'asseyaient et s'imprégnaient de soleil et de vent, jusqu'au moment où Laura oubliait que le bébé dormait. Elle se relevait d'un bond, se mettait à courir et criait, si bien que Maman venait à la porte et protestait :

— Vraiment, Laura, faut-il que tu hurles comme un Indien? D'ailleurs, mes petites filles, vous ressemblez de plus en plus à des Indiens! Pourquoi faut-il que je n'arrive pas à vous faire comprendre qu'il faut garder une capeline sur la tête!

Papa était perché sur le haut d'un mur de la maison pour commencer le toit. Il baissa les yeux vers elles et se mit à rire :

— Un petit Indien, deux petits Indiens, trois petits Indiens, chantonna-t-il. Non, il n'y en a que deux.

— Tu fais le troisième, lui dit Marie. Tu es bronzé, toi aussi.

— Mais tu n'es pas petit, toi, Papa, corrigea Laura. Papa, quand est-ce qu'on va voir un papoose?

— Miséricorde! s'écria Maman. Pourquoi veux-tu voir un bébé indien? Mets ta capeline, à présent, et oublie cette bêtise.

La capeline de Laura, rejetée en arrière, pendait dans son dos. Elle la remonta en tirant sur les rubans et les pans de la capeline vinrent s'appuyer contre ses joues. Quand elle avait sa capeline sur la tête, elle ne pouvait voir ce qui se trouvait devant elle. C'était la raison pour laquelle elle la repoussait constamment en arrière et la laissait pendre au bout des rubans noués autour de son cou. Elle remettait sa capeline quand Maman le lui demandait, mais elle n'oubliait pas la promesse qu'on lui avait faite de lui montrer un papoose.

Ils se trouvaient en Territoire indien et elle ne comprenait pas pourquoi elle n'y voyait pas d'Indiens. Elle comprenait qu'elle en rencontrerait un jour, pourtant. Papa l'avait dit. Mais elle était lasse d'attendre.

Papa avait enlevé la bâche du chariot au-dessus de la maison, et maintenant, il s'apprêtait à la couvrir. Depuis des jours et des jours il remontait des rondins de la vallée et les fendait en planches minces et longues. Il avait dressé des piles de planches tout autour de la maison et il y avait également adossé quelques planches.

— Sors donc un peu, Caroline, demanda-t-il. Je ne veux pas courir le risque de voir tomber quelque chose sur toi ou sur Carrie.

— Attends que j'aie rangé la bergère de porcelaine, Charles, lui répondit Maman.

Au bout d'une minute, elle sortit avec une courtepointe, son raccommodage et Bébé Carrie. Elle étala la courtepointe sur l'herbe, à l'ombre de l'écurie, et s'y assit pour raccommoder son linge, tout en surveillant Carrie, qui jouait.

Papa se baissa et attrapa une planche. Il la posa sur les extrémités des chevrons que constituaient les jeunes arbres. Les bords de cette planche dépassaient le mur. Papa prit alors quelques clous dans sa bouche, retira le marteau de sa ceinture et se mit à clouer la planche aux chevrons.

M. Edwards lui avait prêté des clous. Ils s'étaient rencontrés dans les bois, où ils abattaient tous les deux des arbres, et M. Edwards avait insisté auprès de Papa pour que celui-ci lui empruntât des clous pour le toit.

— C'est ce que j'appelle un bon voisin! confia-t-il à Maman, quand il lui parla de cette rencontre.

— C'est vrai, dit Maman. Mais je n'aime pas être l'obligée de quelqu'un, même du meilleur des voisins.

— Moi non plus, reconnut Papa. Je n'ai encore jamais été l'obligé de personne et je ne le serai jamais. Mais les relations de bon voisinage, c'est tout autre chose. Je lui rendrai tous ses clous, dès que j'aurai pu aller à Independence.

Papa sortit alors les clous de sa bouche l'un après l'autre avec précaution et il les fit pénétrer dans la planche, à grands coups de marteau. C'était beaucoup plus rapide que de percer des trous, de parer des chevilles et de les enfoncer dans les trous. Mais de temps à autre, un clou ressortait de l'épais chêne au moment où le marteau le frappait, et si Papa ne le tenait pas fermement, il volait dans les airs.

Marie et Laura le suivaient alors des yeux dans sa chute et elles fouillaient l'herbe jusqu'à ce qu'elles l'aient retrouvé. Il arrivait qu'il soit gauchi. Papa, alors, le redressait avec soin. Il fallait à toutes fins d'éviter de perdre ou de gaspiller le moindre clou.

Quand Papa eut cloué deux planches, il se percha dessus. Il posa et cloua les autres jusqu'aux deux poutres qui soutenaient toute la couverture. Le bord de chacune de ces planches recouvrait le bord supérieur de la planche du dessous.

Puis il recommença de l'autre côté de la maison et il posa le toit de ce côté-là également. Il restait un léger intervalle entre les deux planches les plus haut placées. Papa prépara alors une sorte d'auge, avec deux planches, et il cloua solidement cette auge, après l'avoir renversée au-dessus de l'espace libre.

Le toit était terminé. L'intérieur de la maison était plus sombre qu'il n'avait été, car la lumière ne pénétrait pas à travers les planches. Il n'y avait pas un seul interstice par lequel la pluie eût pu passer.

— C'est un travail remarquable que tu as fait là, Charles, le complimenta Maman. Je te suis reconnaissante d'avoir un bon toit sur la tête.

— Tu auras des meubles également, aussi beaux que je serai capable de les faire, lui répondit Papa. Je ferais un cadre de lit, dès que le plancher sera posé.

Il recommença à transporter des rondins. Jour après jour, il apportait d'autres rondins. Il ne s'arrêtait même plus d'effectuer des transports pour aller chasser. Il emportait son fusil dans le chariot et il rapportait le soir le gibier qu'il avait pu abattre du haut du siège du chariot.

Quand il eut charroyé assez de rondins pour faire le plancher, il entreprit de les fendre. Il fendait chaque rondin en long, exactement au milieu. Laura aimait bien s'asseoir sur le tas de bois pour le regarder préparer les rondins.

Tout d'abord, d'un puissant coup de hache, il entamait le bout du rondin. Dans la fente ainsi préparée, il glissait la pointe d'un coin de fer. D'une secousse, il dégageait la hache du rondin et il faisait davantage pénétrer le coin dans la fente. Le dur bois se fendait un peu plus loin.

Sur toute la longueur du rondin, Papa luttait contre la résistance que lui opposait le bois serré du chêne. Il enfonçait sa hache dans la fente. Il y faisait pénétrer des tronçons de bois et poussait le coin de fer toujours plus avant. Petit à petit, il agrandissait la fente jusqu'au bout du rondin.

Il levait sa hache bien haut, puis l'abattait, après lui avoir fait décrire un grand cercle et en faisant un violent effort, qui lui arrachait un han! La hache sifflait et frappait : Pan! Elle s'abattait toujours à l'endroit précis où Papa souhaitait qu'elle le fît.

Enfin, dans un craquement déchirant, le rondin achevait de se fendre. Ses deux moitiés tombaient sur le sol, révélant l'aubier pâle et la partie plus sombre du cœur. Papa s'essuyait le front, resserrait son étreinte sur le manche de la hache et s'attaquait à un nouveau rondin.

Un beau jour, Papa fendit le dernier rondin. Dès le lendemain matin, il entreprit la pose du plancher. Il traîna les rondins à l'intérieur de la maison et les déposa l'un après l'autre, côté plat vers le haut. Avec sa bêche, il creusa un peu le sol et y cala la partie arrondie. Il fit sauter à la hache le bord de l'écorce et fendit le bois bien droit, de manière à ce que chaque rondin vînt se poser contre le suivant, en laissant le moins d'espace libre possible entre eux.

Il prit alors la hache juste sous le fer et par de légers coups, appliqués avec soin, il aplanit la surface du bois. Il fermait un œil et suivait de l'autre la surface du rondin pour se rendre compte si elle était bien droite et bien dégauchie. Il faisait sauter les derniers petits éclats, ici ou là. Enfin, il laissait courir sa main sur la surface aplanie et hochait la tête en signe d'approbation.

— Pas une écharde! disait-il. Les petits pieds nus pourront parfaitement courir là-dessus.

Il laissa ce demi-rondin bien encastré à sa place et en tira un nouveau jusqu'à lui.

Quand il arriva au niveau de la cheminée, il se servit de demi-rondins plus courts. Il laissa un espace de terre nue devant le foyer, de manière à ce que les étincelles ou les charbons de bois qui sauteraient ne viennent pas brûler le plancher.

Un jour, le plancher fut terminé. Il était lisse, solide, résistant. C'était un bon plancher de chêne, fait pour durer toujours, soutenait Papa.

— On ne peut rien trouver de mieux qu'un bon plancher de tronçons refendus, affirma-t-il.

Maman avoua qu'elle était bien contente

d'être isolée de la terre battue. Elle reposa la petite poupée de porcelaine sur le dessus de la cheminée et étala une nappe à carreaux rouges sur la table.

— Voilà, dit-elle. A présent, nous vivons à nouveau comme des gens civilisés.

Après cela, Papa combla les jours qui subsistaient dans les murs. Il y glissa de minces bandes de bois et les badigeonna abondamment de boue, comblant la moindre crevasse.

— Voilà une bonne chose de faite, le félicita Maman. Le fait d'avoir bouché ces interstices empêchera le vent d'entrer chez nous, quelle que

soit la violence avec laquelle il soufflera l'hiver.

Papa s'arrêta de siffler pour lui sourire. Il projeta les dernières traces de boue entre les rondins, les lissa et reposa le seau. La maison, enfin, était finie.

— J'aimerais bien que nous ayons du verre pour les vitres, avoua Papa.

— Nous n'avons pas besoin de verre, Charles, lui répondit Maman.

— Quand même, si j'ai de la chance à la chasse ou avec les pièges, cet hiver, j'achèterai un peu de verre à Independence, au printemps prochain, dit Papa. Et tant pis pour la dépense.

— Des carreaux pour les fenêtres seraient bien agréables, si nous pouvions nous le permettre, dit Maman. Mais chaque chose en son temps.

Ils se sentirent tous très heureux, ce soir-là. Le feu, dans l'âtre, était bien agréable, car sur la Haute Prairie, les nuits étaient froides, même en été. La nappe à carreaux ornait la table, la petite poupée de porcelaine brillait sur le dessus de la cheminée et le nouveau plancher paraissait doré dans la lumière dansante du feu. Dehors, l'immense nuit scintillait d'étoiles. Papa demeura longtemps assis sur le pas de la porte. Il joua du violon et chanta pour Maman, Marie et Laura, qui se trouvaient dans la maison, et pour la nuit étoilée, qui régnait au-dehors.

CHAPITRE 11

DES INDIENS DANS LA MAISON

Un jour, de bon matin, Papa prit son fusil et s'en fut à la chasse.

Il avait eu l'intention de faire le châlit, ce jour-là. Il avait même apporté des dosses pour le monter, mais Maman annonça qu'il ne lui restait plus de viande pour le déjeuner. Il dressa donc les dosses contre le mur et décrocha son fusil.

Jack voulait aller chasser, lui aussi. Ses yeux suppliaient Papa de l'emmener et des gémissements, montés de sa poitrine, tremblaient dans

sa gorge, au point que Laura était, comme lui, au bord des larmes. Mais Papa l'enchaîna à l'écurie.

— Non, Jack, lui dit Papa. Il faut que tu restes ici pour garder la maison.

Puis il se tourna vers Marie et Laura pour leur recommander :

— Ne le laissez pas partir, les petites filles!

Le pauvre Jack se coucha. C'était une punition que d'être enchaîné et il le ressentait douloureusement. Il détourna la tête et ne suivit pas des yeux Papa, quand celui-ci s'éloigna, son fusil sur l'épaule. Papa s'en fut loin, très loin, puis il s'enfonça plus encore dans la prairie et d'un coup, disparut.

Laura essaya de consoler Jack, mais ce dernier ne voulait pas être consolé. Plus il pensait à cette chaîne, plus il était misérable. Laura essaya de lui changer les idées en l'invitant à gambader et à jouer, mais il prit un air plus maussade encore.

Marie et Laura se dirent qu'elles ne pouvaient abandonner Jack un jour où il était si malheureux. Elles demeurèrent donc tout ce matin-là aux abords de l'écurie. Elles caressèrent la douce tête tigrée de Jack, le grattèrent derrière les oreilles, lui dirent combien elles étaient peinées de le voir enchaîné. Il leur lécha un peu les mains, mais il était tout à la fois très triste et très en colère.

Sa tête reposait sur le genou de Laura et celle-ci lui parlait, quand, brusquement, il se leva et se mit à gronder d'une voix basse et menaçante. Les poils de sa nuque s'étaient dressés et ses yeux, furieux, s'injectaient de sang.

Laura fut prise de peur. Jamais encore Jack n'avait grondé à son intention. Elle jeta un coup d'œil par-dessus son épaule, dans la direction où Jack regardait, et elle vit deux sauvages nus, qui s'approchaient, l'un derrière l'autre, sur la piste indienne.

— Marie! Regarde! cria-t-elle.

Marie leva les yeux et les découvrit à son tour.

C'étaient de grands hommes minces, à l'air farouche. Leur peau était d'une couleur brun-rouge. Leur tête paraissait se terminer en pointe et la pointe en était une mèche de cheveux, qui se tenait toute droite et se terminait par des plumes. Leurs yeux noirs, au regard fixe, luisaient comme ceux des serpents.

Ils approchaient de plus en plus. Soudain, ils disparurent. Ils étaient passés du côté opposé de la maison.

Laura tourna la tête, ainsi que Marie, et elles fixèrent l'endroit où elles s'attendaient à voir reparaître ces hommes terrifiants.

— Des Indiens! souffla Marie.

Laura était toute tremblante. Elle éprouvait une bizarre sensation au niveau de l'estomac, en même temps qu'une faiblesse dans les jambes. Elle avait envie de s'asseoir. Elle tenait pourtant à rester debout pour voir ces Indiens réapparaître. Les Indiens ne reparurent pas.

Jack, durant tout ce temps, n'avait cessé de gronder. Il s'arrêta, soudain, et se mit à tirer de toutes ses forces sur la chaîne. Il avait les yeux rouges, les babines retroussées et toute l'échine hérissée. Il bondissait sur place et ses quatre pattes quittaient le sol, dans l'effort qu'il faisait pour se libérer. Laura était bien contente de voir la chaîne le maintenir sur place, à côté d'elle.

— Jack est là, murmura-t-elle. Jack ne les laissera pas nous faire du mal. Nous serons en sécurité, si nous restons près de Jack.

— Ils sont dans la maison, dit Marie, tout

bas. Ils sont dans la maison avec Maman et Carrie.

C'est alors que Laura se mit à trembler des pieds à la tête. Elle comprenait qu'il fallait qu'elle fasse quelque chose. Elle ignorait ce que ces Indiens faisaient à Maman et à Bébé Carrie. Aucun bruit ne lui parvenait de la maison.

— Oh, qu'est-ce qu'ils sont en train de faire à Maman! dit-elle, pleine d'angoisse, dans un murmure.

— Oh, je n'en sais rien! répondit Marie, toujours dans un murmure.

— Je vais lâcher Jack, murmura Laura, d'une voix rauque. Jack les tuera.

— Papa a dit de ne pas le faire, répondit Marie.

Elles éprouvaient une telle frayeur qu'elles n'osaient pas parler à voix haute. Elles avaient réuni leurs têtes et chuchotaient, les regards tournés vers la maison.

— Il ne savait pas que les Indiens allaient venir, objecta Laura.

— Il a dit de ne pas lâcher Jack, insista Marie, au bord des larmes.

Laura songea à la petite Bébé Carrie et à Maman, enfermées dans la maison avec ces Indiens. Elle décida :

— Je vais rentrer pour aider Maman!

Elle fit deux pas en avant en courant, puis un

pas en marchant, mais elle fit aussitôt demi-tour et courut se réfugier auprès de Jack. Elle le serra très fort contre son cœur et se pendit à son robuste cou, encore tout pantelant. Jack ne permettrait à personne de lui faire du mal.

— Il ne faut pas qu'on laisse Maman là-dedans toute seule, souffla Marie.

Elle demeurait pourtant sur place, agitée de tremblements. Marie était toujours incapable de faire un mouvement, quand elle avait peur.

Laura enfouit son visage dans le pelage de Jack et le serra très fort contre elle.

Elle contraignit enfin ses bras à lâcher prise. Elle serra les poings, ferma très fort les yeux et se mit à courir de toutes ses forces vers la maison.

Elle trébucha, tomba et ses yeux s'ouvrirent sous le choc. Avant même d'avoir pris le temps de réfléchir, elle s'était relevée d'un bond et s'était remise à courir. Marie était sur ses talons. Elles arrivèrent à la porte. Comme celle-ci était ouverte, elles se glissèrent à l'intérieur de la maison, sans faire de bruit.

Les sauvages nus étaient debout près de la cheminée. Maman était penchée au-dessus du feu et elle faisait cuire quelque chose. Carrie s'accrochait des deux mains à la jupe de Maman et se cachait la tête dans les plis.

Laura se précipita vers Maman, mais au

moment où elle arrivait près du foyer, une odeur très désagréable l'arrêta. Elle leva les yeux vers les Indiens. En un éclair, elle se glissa derrière la haute et étroite planche de chêne vert, chevillée au mur.

Cette planche était juste assez large pour lui cacher les deux yeux. Si elle gardait la tête tout à fait immobile et pressait le nez contre la planche, elle ne voyait pas les Indiens. Elle se sentait davantage en sécurité. Elle ne put s'empêcher, pourtant, de bouger la tête un tout petit peu. Elle risqua un œil au-dehors et aperçut les sauvages.

Elle découvrit tout d'abord leurs mocassins de cuir. Puis leurs jambes brun-rouge, musclées et nues, jusqu'au haut de la cuisse. Chacun des Indiens s'était ceint la taille d'une lanière de cuir pour retenir la fourrure d'un petit animal qui lui pendait au bas du ventre. Comme cette fourrure était noire à bandes blanches, Laura comprit d'où provenait l'odeur nauséabonde. C'était une peau fraîche de mouffette.

Un couteau, semblable au couteau de chasse de Papa, et une hachette comme la sienne étaient glissés dans la ceinture de chacun de ces pagnes de fourrure.

Les côtes des Indiens se dessinaient en relief sur leurs torses nus. Leurs bras étaient croisés sur la poitrine. Laura, enfin, jeta un nouveau coup d'œil sur leurs visages, puis elle se cacha vivement derrière la planche.

Leurs visages étaient hardis, farouches, terrifiants. Leurs yeux noirs étincelaient. Très en arrière de la ligne du front et loin au-dessus des oreilles, ces sauvages n'avaient pas de cheveux, là où poussent d'ordinaire les cheveux. Mais sur le sommet du crâne, ils portaient une touffe de cheveux qui se tenait toute droite. Elle était

entourée d'une cordelette, dans laquelle des plumes avaient été piquées.

Quand Laura glissa un nouveau coup d'œil de derrière sa planche, elle découvrit que les deux Indiens la regardaient bien en face. Son cœur bondit et elle pensa mourir, tant il battait fort. Deux yeux noirs luisants plongeaient leur regard dans ses propres yeux. L'Indien était impassible : aucun muscle de son visage ne bougeait. Seul, son regard brillait et pétillait en la fixant. Laura demeurait immobile, elle aussi. Elle n'osait même pas respirer.

L'Indien émit deux bruits de gorge, brefs et gutturaux. L'autre Indien lui répondit par un son qui ressemblait à un « Ah! ». Laura cacha à nouveau ses yeux derrière la planche.

Elle entendit Maman soulever le couvercle de la marmite. Elle entendit les Indiens s'accroupir près du feu. Au bout d'un moment, elle les entendit manger.

Laura jeta un coup d'œil, se cacha, risqua un autre coup d'œil, pendant que les Indiens mangeaient le pain de maïs que Maman avait fait cuire. Ils le mangèrent jusqu'à la moindre parcelle et ramassèrent même les miettes tombées dans l'âtre. Maman, demeurée debout, les observait, tout en caressant la tête de Bébé Carrie. Marie se tenait juste derrière Maman et se pendait à sa manche.

Laura percevait le faible cliquetis de la chaîne de Jack. Il essayait toujours de se libérer.

Quand la dernière miette de pain de maïs eut été avalée, les Indiens se relevèrent. L'odeur fétide de la mouffette était encore plus forte, quand ils bougeaient. L'un d'eux émit à nouveau des sons gutturaux. Maman le regarda avec de grands yeux. Elle ne dit rien. L'Indien fit demi-tour, l'autre Indien se détourna aussi, puis ils traversèrent la pièce et sortirent par la porte. Leurs pieds ne faisaient pas le moindre bruit.

Maman poussa un long, un très long soupir. Elle serra très fort Laura contre elle d'un bras, puis Marie, de l'autre. Enfin, par la fenêtre, elles regardèrent ensemble les Indiens s'éloigner, l'un derrière l'autre, sur la piste à peine visible qui menait vers l'ouest. Maman s'assit alors sur le lit. Tremblante, elle serra plus fort Laura et Marie contre elle. Elle avait l'air d'être sur le point de se trouver mal.

— Tu ne te sens pas bien, Maman? demanda Marie.

— Ce n'est pas ça, dit Maman. Je suis bien contente de les voir partis, voilà tout.

Laura fronça le nez et remarqua :

— Ils sentaient horriblement mauvais.

— C'étaient les peaux des mouffettes qu'ils portaient, expliqua Maman.

Elles lui racontèrent alors comment elles avaient abandonné Jack et étaient rentrées à la maison, de peur que les Indiens ne leur fassent du mal, à elle et à Bébé Carrie. Maman leur dit qu'elles étaient de courageuses petites filles.

— A présent, il faut préparer le déjeuner, reprit-elle. Papa sera bientôt de retour et il faut que nous ayons un déjeuner à lui offrir. Marie, va me chercher un peu de bois. Laura, tu peux mettre la table.

Maman retroussa ses manches, se lava les mains et prépara de la pâte à pain, tandis que Marie apportait le bois et que Laura mettait la table. Laura disposa une assiette, un couteau, une fourchette et une timbale pour Papa, la même chose pour Maman, sans oublier de poser la petite timbale de Carrie à côté de celle de Maman. Elle alla ensuite chercher des assiettes, des couteaux et des fourchettes pour elle et Marie, plus leur unique timbale, qu'elle plaça entre leurs assiettes.

Avec la pâte de farine de maïs et d'eau, Maman fit deux pains minces, tous deux en forme de demi-couronne. Elle les posa dos à dos dans la marmite et appuya sa main à plat sur le haut de chaque pain. Papa prétendait toujours qu'il n'avait besoin de rien de meilleur sur son pain, les jours où Maman y mettait les empreintes de ses mains.

Laura avait à peine fini de mettre la table que Papa fit son entrée. Il déposa un grand lapin et deux poules des prairies, dehors, près de la porte, entra et posa son fusil sur ses crochets. Laura et Marie coururent à sa rencontre et l'agrippèrent, toutes deux parlant en même temps.

— Qu'est-ce qu'il y a? Qu'est-ce qu'il y a? demanda-t-il, en les ébouriffant. Des Indiens? Alors, tu as enfin vu des Indiens, Laura? J'ai remarqué qu'ils avaient établi un camp dans une petite vallée, à l'ouest d'ici. Des Indiens sont venus à la maison, Caroline?

— Oui, Charles, deux Indiens, dit Maman. Je suis désolée, mais ils ont emporté tout ton tabac et ils ont mangé beaucoup de pain. Ils ont montré du doigt la farine de maïs et ils m'ont demandé, par signes, de leur en faire cuire un peu. J'ai eu peur de ce qui pourrait arriver si je ne le faisais pas. Oh, Charles! J'ai eu si peur!

— Tu as très bien fait, lui répondit Papa. Nous ne voulons pas nous faire des ennemis parmi les Indiens.

Puis il ajouta :

— Fichtre! Quelle odeur!

— Ils portaient des peaux de mouffettes fraîchement tuées, dit Maman. Et c'est tout ce qu'ils avaient sur le dos.

— Ça devait être difficilement respirable, quand ils étaient là, observa Papa.

— Ça l'était, Charles! Nous étions plutôt justes en farine, en plus.

— Bah! Nous en avons encore assez pour durer quelque temps. Quant à notre gibier, il court dans toute la région. Ne t'inquiète pas, Caroline.

— Mais ils ont emporté tout ton tabac.

— Ça ne fait rien, dit Papa. Je me passerai de tabac jusqu'à ce que je puisse faire le voyage d'Independence. Le principal, c'est d'être en bons termes avec les Indiens. On ne veut pas être réveillés une de ces nuits par les hurlements d'une de ces bandes de dém...

Il s'interrompit. Laura attendait avec anxiété ce qu'il allait dire ensuite, mais Maman avait serré les lèvres et fait un petit signe de la tête à Papa.

— Suivez-moi, Marie et Laura, leur dit Papa. Nous allons écorcher ce lapin et vider les poules des prairies, pendant que le pain cuit. Dépêchons-nous! J'ai une faim de loup.

Elles s'assirent sur le tas de bois, dans le vent et le soleil pour regarder Papa travailler avec son couteau de chasse. Le gros lapin avait reçu une balle dans l'œil et les têtes des poules des prairies avaient été emportées net. Elles n'avaient pas eu le temps de comprendre ce qu'il leur arrivait, affirmait Papa.

Laura tint le bord de la peau du lapin pendant que le couteau bien aiguisé de Papa la détachait de la viande.

— Je vais saler cette peau et la clouer sur le mur de la maison pour qu'elle y sèche, annonça Papa. Elle fera un chaud bonnet de fourrure à l'une de mes petites filles, l'hiver prochain.

Laura, pourtant, ne parvenait pas à oublier les Indiens. Elle dit à Papa que si elles avaient lâché Jack, le chien aurait dévoré les Indiens sur-le-champ.

Papa posa son couteau.

— Est-ce que l'idée vous est venue de lâcher Jack, les petites filles? demanda Papa, d'une voix terrible.

Laura baissa la tête et répondit dans un souffle :

— Oui, Papa.

— Quand je vous avais demandé de ne pas le faire? dit Papa, d'une voix plus terrible encore.

Laura ne put répondre, mais Marie hoqueta :

— Oui, Papa.

Papa garda le silence un moment. Il poussa un profond soupir, comme l'avait fait Maman après le départ des Indiens.

— A partir d'aujourd'hui, dit Papa, d'une voix terrifiante, vous vous souviendrez toujours de faire ce qu'on vous aura dit de faire, mes petites filles. N'essayez même pas de me désobéir, vous m'avez compris?

— Oui, Papa, murmurèrent en chœur Laura et Marie.

— Savez-vous ce qui se serait passé, si vous aviez lâché Jack? leur demanda Papa.

— Non, Papa, murmurèrent-elles.

— Il aurait mordu ces Indiens, expliqua Papa. Alors, les choses auraient mal tourné. Très mal. Vous comprenez?

— Oui, Papa, dirent-elles.

Mais elles ne comprenaient pas.

— Est-ce qu'ils auraient tué Jack? demanda Laura.

— Oui. Et ce n'est pas tout. Mes petites filles, souvenez-vous bien de ceci : faites ce que l'on vous dit de faire, quoi qu'il arrive.

— Oui, Papa, dit Laura.

Et Marie répéta :

— Oui, Papa.

Elles étaient bien contentes de ne pas avoir lâché Jack.

— Faites ce que l'on vous dit de faire, répéta Papa, et il ne vous arrivera aucun mal.

CHAPITRE 12

DE L'EAU FRAÎCHE

Papa avait fait le châlit.

Il avait poncé des planches de chêne pour en faire disparaître la moindre aspérité. Il les avait alors solidement chevillées. Quatre de ces planches constituaient un rectangle, destiné à recevoir la paillasse. Pour faire le fond, Papa avait fait passer une corde en zigzag, d'un bord à l'autre, et l'avait tendue bien fort.

Papa chevilla ensuite une extrémité du bois de lit au mur, dans un angle de la maison. Un seul coin du châlit ne touchait pas de murs. A ce coin, Papa dressa une grande planche. Il la chevilla au bois du lit. Aussi haut qu'il put atteindre, il chevilla alors deux étroits tasseaux de chêne, d'une part aux murs, et d'autre part, à la grande planche. Il grimpa ensuite dessus et chevilla fortement le haut de la grande planche à un chevron. Enfin, sur les tasseaux de chêne, il déposa un long plateau.

— Et voilà, Caroline! s'écria-t-il.

— Je suis impatiente de voir le lit fait, lui répondit Maman. Viens donc m'aider à rentrer la paillasse.

Elle avait préparé la paillasse, ce matin-là. Comme il n'y avait pas de paille, sur la Haute Prairie, elle avait empli une toile à matelas d'herbe sèche et propre, qui conservait encore la chaleur des rayons du soleil et qui avait ce parfum un peu sucré que dégagent toujours les foins. Papa l'aida à transporter la paillasse dans la maison et à l'étendre sur le sommier. Elle y mit les draps et les borda, puis elle étala sa plus jolie courtepointe en patchwork par-dessus. A la tête du lit, elle déposa les oreillers de duvet d'oie, puis les recouvrit de dessus d'oreillers. Sur chaque dessus d'oreiller blanc, les silhouettes de deux petits oiseaux se détachaient, brodées au fil rouge.

Papa, Maman, Laura et Marie admirèrent alors quelques instants ce très joli lit. La corde tendue en zigzag était plus confortable que le sol. La paillasse rebondie était gonflée d'herbe au parfum de miel, la courtepointe était bien lissée et les jolis dessus d'oreillers, l'air tout frais, avaient bon aspect. Le plateau faisait une bonne étagère pour y ranger des objets. Toute la maison avait une autre allure, avec un lit comme celui-là.

Le soir venu, quand Maman se coucha, elle fit bruisser, en s'allongeant, la paillasse, puis elle dit à Papa :

— Je peux bien te l'avouer. Je me sens si confortable que c'en est presque un péché.

Marie et Laura dormaient encore sur le plancher, mais Papa leur ferait un petit lit, dès qu'il le pourrait. Il avait donc fait le grand lit, puis une solide armoire, qu'il avait fermée au verrou, afin que les Indiens, s'ils revenaient, ne puissent emporter la fin de la farine de maïs. A présent, il ne lui restait plus qu'à creuser un puits et enfin il pourrait entreprendre le voyage projeté à la ville. Il voulait creuser le puits avant de s'y rendre pour que Maman eût de l'eau, pendant son absence.

Le lendemain matin, il traça un grand cercle dans l'herbe, près d'un coin de la maison. Il découpa à la bêche le gazon à l'intérieur de ce cercle, puis il l'enleva par grandes mottes à la fois. Il pelleta ensuite la terre qui se trouvait au-dessous et creusa un trou de plus en plus profond.

Il était interdit à Marie et à Laura de s'approcher du puits pendant que Papa creusait. Elles ne voyaient plus sa tête, mais ses pelletées de terre continuaient à voler dans les airs. Enfin, la bêche vola à son tour et vint atterrir dans l'herbe. Puis Papa sauta. Ses mains s'agrippèrent au gazon, il se hissa sur un coude, sur l'autre, et dans un dernier effort, il roula hors de son trou.

— Je ne peux pas pelleter plus profond, déclara-t-il.

Il lui fallait de l'aide, à présent. Il prit donc son fusil et partit à cheval sur le dos de Patty. Quand il revint, il rapportait un beau lapin et il s'était entendu avec M. Scott. M. Scott viendrait l'aider à creuser ce puits et il irait à son tour aider M. Scott à s'en creuser un.

Maman, Laura et Marie n'avaient encore jamais vu M. et Mme Scott. Leur maison était cachée quelque part dans une petite vallée, qui s'ouvrait sur les prairies. Laura avait aperçu la fumée qui s'en élevait, mais c'était tout.

M. Scott arriva dès le lever du soleil, le lendemain matin. Il était petit et gros. Ses cheveux blonds étaient décolorés par le soleil et sa peau, rouge vif, s'écaillait par endroits. Il ne brunissait pas, il pelait.

— C'est la faute de c'sacré soleil et d'ce

sacré vent, dit-il. Excusez-moi, Madame, mais un saint lui-même y perdrait sa patience et parlerait comme ça. J'pourrais tout aussi bien être un serpent, à voir la façon dont je perds ma peau, dans ce pays-ci.

Laura le trouvait sympathique. Chaque matin, dès que la vaisselle était lavée et les lits faits, elle courait dehors pour regarder M. Scott et Papa travailler au puits. Le soleil cuisait, les vents eux-mêmes étaient chauds et les herbes de la prairie jaunissaient. Marie préférait rester dans la maison pour coudre sa courtepointe en patchwork. Mais Laura aimait la lumière crue, le soleil, le vent, et elle ne pouvait résister à la tentation de s'approcher du puits. Toutefois, on lui avait défendu d'aller près du bord.

M. Scott et Papa avaient monté un treuil solide. Il était installé au-dessus du puits et deux seaux y pendaient aux extrémités d'une corde. Quand on tournait le treuil, l'un des seaux descendait au fond du puits, pendant que l'autre montait. Le matin, M. Scott se laissait glisser le long de la corde et allait creuser. Il remplissait les seaux de terre avec presque autant de rapidité que Papa mettait à les remonter et à les vider. Après le déjeuner, Papa prenait la corde, se laissait glisser dans le puits et M. Scott hissait les seaux.

Chaque matin, avant de laisser M. Scott

descendre, Papa fixait une chandelle au fond d'un seau et l'allumait, avant de la faire descendre au fond. Une fois, Laura avait risqué un coup d'œil par-dessus bord et avait aperçu la chandelle qui brûlait vivement, très loin, dans le trou noir.

Papa déclarait alors :

— Ça a l'air d'aller.

Il remontait le seau et soufflait la chandelle.

— Tout ça, c'est des sottises, Ingalls, protestait M. Scott. Tout allait très bien dans ce puits, hier.

— On ne sait jamais, répliquait Papa. Mieux vaut prévenir que guérir.

Laura ne savait pas quel était le danger que Papa cherchait à découvrir à la lumière de la bougie. Elle ne posa pas de question, parce que Papa et M. Scott étaient très occupés. Elle avait eu l'intention de la poser plus tard, mais elle oublia.

Un matin, M. Scott arriva alors que Papa prenait son petit déjeuner. Ils l'entendirent crier :

— B'jour, Ingalls! Le soleil est levé. Allons-y!

Papa but son café et sortit.

Le treuil se mit à grincer et Papa à siffler. Laura et Marie lavaient la vaisselle et Maman faisait le grand lit, quand Papa s'arrêta de siffler. Elles l'entendirent demander :

— Scott?

Il cria ensuite :

— Scott! Scott!

Puis il appela :

— Caroline! Viens vite!

Maman sortit en courant de la maison. Laura se précipita derrière elle.

— Scott s'est évanoui ou quelque chose comme ça, là en bas, expliqua Papa. Il faut que je descende le chercher.

— Avais-tu envoyé la chandelle? demanda Maman.

— Non. J'ai cru qu'il l'avait fait. Je lui ai demandé si tout allait bien et il m'a répondu que oui.

Papa coupa la corde au-dessus du seau vide et la noua solidement au treuil.

— Charles, tu ne peux pas. Tu ne dois pas, supplia Maman.

— Caroline, il le faut.

— Tu ne peux pas. Oh, Charles, non !

— Je m'en tirerai très bien. Je ne reprendrai pas mon souffle avant d'être ressorti. On ne peut pas le laisser mourir là en bas.

Maman, angoissée, s'écria :

— Laura, recule-toi !

Laura recula donc. Elle alla s'adosser à la maison et se sentit frissonner.

— Non, non, Charles ! Je ne peux pas te laisser faire ça, supplia à nouveau Maman. Prends Patty et va chercher de l'aide.

— On n'en a pas le temps.

— Mais, Charles, si je n'arrive pas à te remonter... Si tu te trouves mal et que je n'arrive pas à te remonter...

— Caroline, il faut que j'y aille, répéta Papa.

Il se suspendit à la corde et se laissa glisser. Sa tête disparut.

Maman s'accroupit au bord du puits, une main en visière, pour mieux le suivre jusqu'au fond.

Partout, dans la prairie, les sturnelles s'élevaient droit vers le ciel, tout en chantant. Le vent qui soufflait était déjà plus chaud et pourtant Laura avait froid.

Soudain, Maman se releva et saisit la poignée du treuil. Elle appuya dessus de toutes ses forces. La corde se tendit et le treuil grinça. Laura se dit que Papa avait dû s'évanouir dans le fond obscur du puits et que Maman ne parviendrait pas à le remonter. Mais le treuil tourna un peu, puis un petit peu plus.

La main de Papa apparut, accrochée à la corde. Sa deuxième main passa par-dessus la première et vint saisir la corde à son tour. Puis la tête de Papa fut visible. Il passa un bras autour du treuil. Il parvint à sortir, non sans difficulté, et se retrouva assis sur le sol.

Le treuil se mit à tourner à toute vitesse, puis il y eut un choc sourd, tout au fond du puits. Comme Papa faisait mine de se relever, Maman ordonna :

— Ne bouge pas, Charles! Laura, va chercher un peu d'eau. Vite!

Laura partit en courant. Elle revint à pas pressés, portant le seau d'eau. Papa et Maman tournaient ensemble le treuil. La corde s'enroula lentement, le seau sortit du puits, et lié sur le seau et à la corde, voilà qu'apparut M. Scott. Ses bras, ses jambes et sa tête pendaient et ballottaient. Il avait la bouche un peu ouverte et les yeux à demi fermés.

Papa le tira sur l'herbe. Papa le fit rouler sur lui-même et il se laissa faire, sans résister. Papa chercha son pouls et posa l'oreille contre sa poitrine. Enfin, Papa s'allongea près de lui.

— Il respire, dit-il. Il va se remettre, à l'air. Je vais bien, Caroline. Je suis épuisé, voilà tout.

— Bien entendu! le gronda Maman. Je pense bien que tu l'es. Et après quel exploit! Bonté divine! Et dire qu'ils peuvent vous faire une peur bleue parce qu'ils sont incapables de

prendre les précautions les plus élémentaires! Miséricorde! Je...

Elle se couvrit le visage de son tablier et éclata en sanglots.

C'était une très mauvaise journée.

— Je ne veux pas de puits, sanglotait Maman. Ça n'en vaut pas la peine. Je ne veux pas te voir courir de tels risques!

M. Scott avait respiré un gaz qui se dégage quand on creuse profondément la terre. Ce gaz stagne au fond des puits, car il est plus lourd que l'air. On ne le voit, ni ne le sent, mais personne ne peut le respirer longtemps sans danger. Papa était descendu dans cette nappe de gaz pour attacher M. Scott à la corde, afin de le sortir de là.

Quand M. Scott fut revenu à lui, il rentra chez lui. Avant de repartir, il déclara à Papa :

— Vous aviez raison, avec cette histoire de chandelle, Ingalls. Je croyais que tout ça n'était que des bêtises et je ne voulais pas perdre mon temps à y jouer, mais j'ai découvert à quel point je me trompais.

— Eh bien, lui dit Papa, je sais que là où une flamme meurt, moi, je ne peux pas vivre. Alors, je préfère être prudent. Mais tout est bien qui finit bien.

Papa se reposa un moment. Il avait respiré un peu de gaz et se rendait compte qu'il avait besoin de repos. Mais dans l'après-midi, il tira un long fil d'un sac de filasse, puis il alla chercher un peu de poudre dans sa corne à poudre. Il enferma cette pincée de poudre et l'une des extrémités du fil dans un petit morceau de tissu.

— Suis-moi, Laura, dit-il. Je vais te montrer quelque chose.

Ils allèrent ensemble au bord du puits. Papa mit le feu au bout du fil et attendit de voir l'étincelle se propager rapidement. C'est alors qu'il laissa tomber le petit paquet au fond.

Au bout d'une minute, ils entendirent un bang! étouffé. Un petit nuage de fumée sortit du puits.

— Ça va éliminer le gaz, dit Papa.

Quand toute la fumée fut dissipée, il permit à Laura d'allumer la chandelle et de rester près de lui, tandis qu'il la faisait descendre. La petite chandelle ne cessa de luire comme une étoile jusqu'au fond du trou noir.

Voilà pourquoi, le lendemain, Papa et M. Scott purent recommencer à creuser le puits. Mais ils ne manquèrent plus jamais d'envoyer une chandelle au fond, le matin.

L'eau commença à sourdre, mais il n'y en avait pas une quantité suffisante. Les seaux remontaient pleins de boue. De jour en jour, Papa et M. Scott rencontraient davantage de boue. Le matin, quand la chandelle descendait, elle éclairait des parois humides et sa flamme dessinait des cercles sur l'eau, au moment où le seau touchait le fond.

Papa avait de l'eau à la hauteur des genoux et il lui fallait en écoper plusieurs seaux avant de pouvoir continuer à creuser dans la boue.

Un jour, alors qu'il creusait, il poussa un grand cri qui résonna jusqu'en haut. Maman se précipita hors de la maison et Laura courut jusqu'au puits.

— Remontez-moi, Scott! Remontez-moi! hurlait Papa.

On entendait distinctement le bruit d'un liquide qui giclait et tourbillonnait. M. Scott actionna le treuil aussi vite qu'il le put et Papa regagna la surface en grimpant à la force du poignet.

— Je veux bien être pendu si ça n'étaient pas des sables mouvants! haleta Papa, tout boueux et dégoulinant d'eau, en posant le pied sur le sol. J'appuyais franchement sur ma bêche, quand tout à coup elle s'est enfoncée de toute la hauteur du manche. Et l'eau s'est mise à ruisseler autour de moi.

— C'te corde est mouillée sur un mètre quatre-vingt, au moins, dit M. Scott, qui l'enroulait.

Au bout, le seau était plein d'eau.

— Vous avez bien fait de sortir de là en grimpant à la corde, Ingalls, reprit-il. Cette eau est arrivée plus vite que j' n'aurais pu vous tirer.

Puis M. Scott se donna une claque sur la cuisse et s'exclama :

— Que j'sois pendu s'il a pas ramené la bêche!

C'était vrai. Papa avait récupéré sa bêche.

En très peu de temps, le puits fut presque plein d'eau. Un rond de ciel bleu miroitait à faible profondeur et quand Laura le contemplait, elle y apercevait la tête d'une petite fille qui levait les yeux vers elle. Quand elle agitait la main, la main qui se trouvait à la surface de l'eau s'agitait à son tour.

L'eau était limpide, fraîche et elle avait bon

goût. Laura trouvait qu'elle n'avait jamais rien bu d'aussi agréable que ces longues gorgées d'eau froide. Papa n'allait plus chercher à la rivière de l'eau chaude au goût fade. Il construisit une solide plate-forme au-dessus du puits et posa un lourd couvercle sur le trou par lequel on faisait descendre le seau. Il était absolument interdit à Laura de toucher à ce couvercle. Mais chaque fois qu'elle ou Marie avait soif, Maman soulevait ce couvercle et remontait un seau tout ruisselant d'eau bien fraîche.

CHAPITRE 13

LES BŒUFS A LONGUES CORNES DU TEXAS

Un soir, Laura et Papa avaient préféré s'asseoir sur le pas de la porte. La lune brillait au-dessus de la prairie obscure, les vents étaient tombés et Papa jouait doucement du violon.

Il tint la dernière note et la fit vibrer très, très longtemps, jusqu'à ce qu'elle se fût évanouie sous le clair de lune. On était si bien que Laura aurait aimé que tout demeurât à jamais inchangé. Mais Papa déclara qu'il était temps pour les petites filles d'aller se coucher.

C'est alors que Laura perçut un son étrange et

grave, assourdi, qui résonnait dans le lointain.

— Qu'est-ce que c'est que ça? demanda-t-elle.

Papa prêta l'oreille.

— Du bétail, par ma foi! s'exclama-t-il. Ce sont sans doute les troupeaux de bœufs qui remontent vers le nord, jusqu'à Fort Dodge.

Une fois déshabillée, Laura demeura debout, en chemise de nuit, près de la fenêtre. L'air était immobile, pas un brin d'herbe ne bruissait, et elle reconnaissait, à peine audible, au loin, ce même bruit. Cela tenait du grondement de tonnerre et de la chanson.

— C'est un chant, Papa? demanda-t-elle.

— Oui, répondit Papa. Ce sont les cowboys qui chantent pour endormir le bétail. Et maintenant, fourre-toi au lit, petite coquine.

Laura crut voir en pensée les bœufs couchés

sur le sol obscur au clair de la lune et les cowboys qui leur chantaient doucement des berceuses.

Le matin suivant, quand elle sortit en courant de la maison, deux inconnus se trouvaient à cheval près de l'écurie. Ils étaient en train de parler à Papa. Ils avaient la peau aussi tannée que les Indiens et leurs yeux n'étaient plus que d'étroites fentes entre leurs paupières plissées. Ils se protégeaient les jambes avec un pantalon de cuir et leur équipement se complétait d'éperons et de chapeaux à larges bords. Ils s'étaient noué des mouchoirs autour du cou et portaient un revolver sur la hanche.

Ils crièrent « Au revoir! » à Papa, puis « Allez, houp! » à leurs chevaux et ils s'en furent au galop.

— En voilà une chance! remarqua Papa, en s'adressant à Maman.

Ces hommes étaient des cowboys. Ils étaient venus demander à Papa de les aider à empêcher le bétail de se disperser dans les ravines des berges de la rivière. Papa ne voulait pas se faire payer, mais il leur avait dit qu'il accepterait une pièce de bœuf.

— Ça ne te ferait pas plaisir, un beau morceau de bœuf? demanda Papa.

— Oh, Charles! dit Maman, les yeux brillants.

Papa noua son plus grand mouchoir autour de son cou. Il montra à Laura comment il pouvait le remonter sur sa bouche et son nez pour se protéger de la poussière. Puis il fit suivre à Patty la piste indienne vers l'ouest. Bientôt, Laura et Marie ne le virent plus.

Toute la journée, le chaud soleil brilla, les vents chauds soufflèrent et le bruit des troupeaux de bétail ne cessa de se rapprocher. C'était un faible, un mélancolique meuglement. A midi, un nuage de poussière se leva à l'horizon. Maman expliqua qu'un si grand nombre de têtes de bétail piétinaient à ce point les herbes qu'elles arrachaient le sol même de la prairie.

Papa revint au crépuscule, maculé de poussière. Il en avait dans la barbe, dans les cheveux, au bord des paupières et la poussière volait de tous ses vêtements. Il n'apportait pas de bœuf, car le bétail n'avait pas encore traversé la rivière. Il avançait très lentement, car il paissait tout en progressant. Il lui fallait manger assez d'herbe pour s'être engraissé avant d'atteindre les villes où il serait abattu pour nourrir les habitants.

Papa ne parla pas beaucoup, ce soir-là, et il ne joua pas du violon. Il alla se coucher très vite après le dîner.

Les troupeaux étaient si proches, à présent,

que Laura les entendait nettement. Leur mugissement mélancolique régna sur la prairie jusqu'à la nuit tombée. Le bétail se calma et les cowboys commencèrent à chanter. Leurs chants ne ressemblaient pas du tout à des berceuses. C'étaient des complaintes solitaires, lancées d'une voix aiguë, qui rappelaient beaucoup le hurlement des loups.

Laura demeurait éveillée et écoutait ces mélopées que lui apportait la nuit. A distance, de véritables loups lançaient leur appel. Parfois, le bétail meuglait. Mais les chants des cowboys résonnaient toujours, montant, descendant, gémissant sous la lune. Une fois tous les membres de la famille endormis, Laura gagna la fenêtre à pas feutrés. Elle vit trois feux luire comme des yeux rouges dans la nuit, tout à fait à l'horizon. Au-dessus de sa tête, le ciel était immense, immobile, inondé de lune. Les chants solitaires semblaient être des plaintes adressées à la lune. Laura sentit sa gorge se serrer.

Durant toute la journée du lendemain, Laura et Marie surveillèrent l'ouest. Elles entendaient les beuglements lointains du bétail, observaient le nuage qu'il soulevait. Parfois, très loin, elles percevaient même un appel aigu.

Brusquement, une douzaine de bœufs à longues cornes surgit de la prairie, à peu de distance de l'écurie. Ils avaient suivi un couloir qui aboutissait au fond de la vallée. Ils relevaient la queue, secouaient leurs cornes terrifiantes et martelaient le sol de leurs sabots. Un cowboy, perché sur un mustang tacheté, lancé au grand galop, tentait de les dépasser. Il agitait son grand chapeau et poussait des hurlements

aigus et brefs. « Allez-yai-yai-yai ! Allez ! » Les bœufs firent volte-face, entrechoquant leurs longues cornes. La queue toujours levée, ils repartirent en galopant lourdement, tandis que, derrière eux, le mustang courait, virait, courait encore pour les rassembler. Ils montèrent tous une butte et disparurent de l'autre côté.

Laura se mit à courir en tous sens. Elle agitait sa capeline et hurlait : « Allez! Yai-yai-yai! », mais Maman la fit taire. Une petite fille bien élevée ne criait pas comme cela. Laura aurait bien voulu être un cowboy.

A la fin de l'après-midi, on vit apparaître à l'ouest trois cavaliers qui guidaient une vache solitaire. L'un de ces cavaliers n'était autre que Papa, monté sur Patty. Ils s'approchèrent lentement et Laura découvrit que la vache était accompagnée d'un petit veau.

La vache se cabrait et ruait. Deux cowboys chevauchaient en avant d'elle à bonne distance l'un de l'autre. Deux lassos reliaient ses longues cornes aux selles des cowboys. Quand la vache se ruait, les cornes menaçantes vers l'un des cowboys, le petit cheval de l'autre raidissait les jambes et la retenait. La vache mugissait avec fureur et le petit veau meuglait plus faiblement.

Maman s'était mise à la fenêtre, tandis que Marie et Laura, adossées à la maison, contemplaient la scène.

Les cowboys retinrent encore la vache avec leurs lassos pendant que Papa l'attachait à l'écurie. Puis il lui dirent adieu et s'en furent.

Maman n'osait pas croire que Papa eût réellement rapporté une vache. Et pourtant, cette vache leur appartenait désormais. Le veau était trop jeune pour voyager, expliquait Papa et la vache serait trop maigre pour qu'on puisse la vendre, aussi les cowboys l'avaient-ils donnée à Papa. Ils lui avaient également offert une pièce de bœuf. Elle était attachée au pommeau de sa selle.

Papa, Maman, Marie, Laura et Bébé Carrie elle-même rirent de joie. Papa riait toujours à gorge déployée et son rire évoquait tout un carillon de cloches sonnant à la volée. Quand Maman était heureuse, elle avait un sourire si doux que Laura s'en sentait réchauffée de la tête aux pieds. Mais ce jour-là, elle riait de bon cœur, parce qu'ils avaient une vache.

— Passe-moi un seau, Caroline, dit Papa.

Il allait traire cette vache sans plus attendre.

Il prit le seau, repoussa son chapeau en arrière et s'accroupit près de la vache pour la traire. Mais la vache se ramassa sur elle-même et donna un tel coup de pied à Papa qu'il se retrouva étendu sur le dos.

Papa se remit debout d'un bond. Son visage était écarlate et ses yeux lançaient des éclairs.

— A nous deux! Par la Grande Cuiller en Corne, je la trairai! s'écria-t-il.

Il alla chercher sa hache et tailla en pointe deux épaisses dosses de chêne. Il poussa la vache contre l'écurie et enfonça ces pieux profondément dans le sol tout près d'elle. La vache meugla, le petit veau se mit à pousser des cris discordants. Papa lia solidement des bâtons à ces poteaux et glissa leur autre bout dans les fentes de l'écurie, de manière à obtenir une sorte d'enceinte.

A présent, la vache ne pouvait se déplacer, ni vers l'avant, ni vers l'arrière, ni sur le côté. Mais le petit veau pouvait se glisser entre sa mère et l'écurie. Le veau, se sentant en sécurité, cessa de meugler. Il demeura de ce côté de la vache et prit son dîner, tandis que Papa passait une main dans « l'enceinte » et trayait de l'autre côté. Il obtint juste assez de lait pour en remplir aux trois quarts une timbale.

— Nous essayerons à nouveau demain matin, dit-il. La pauvre bête est aussi effarouchée qu'une biche. Mais nous l'apprivoiserons, nous l'apprivoiserons.

La nuit tombait. Les engoulevents pourchassaient les insectes dans l'obscurité. Les grenouilles-bœuf coassaient dans la vallée. Un engoulevent criait : « Punis! Punis! Punis-l' pauv'-Will! » « Où? Où-où! » lui demandait un hibou. Au loin, les loups hurlaient et Jack grondait.

— Les loups suivent les troupeaux, dit Papa. Demain, je ferai une cour en la fermant d'une haute et robuste palissade, afin que les loups ne puissent atteindre la vache.

Ils rentrèrent tous dans la maison avec le

morceau de bœuf. Papa, Maman, Marie et Laura décidèrent qu'il fallait donner le lait à Bébé Carrie. Ils la regardèrent le boire. La timbale cachait son visage, mais Laura voyait les gorgées de lait descendre dans sa gorge. Elle avala tout ce bon lait à petits coups. Puis, du bout de sa langue rouge, elle lécha la mousse demeurée sur sa lèvre et se mit à rire.

Il s'écoula encore un long moment, sembla-t-il, avant que les biscuits de maïs et les tranches de bœuf grillées soient prêts. Mais rien ne surpassait le goût de ces morceaux de bœuf aux fibres serrées, si juteux. Et tous étaient heureux parce qu'ils auraient désormais du lait à boire et peut-être même du beurre pour les biscuits.

Les meuglements des troupeaux de bœufs étaient à nouveau très distants et les chants des cowboys, à peine perceptibles. Tous les bœufs se trouvaient à présent de l'autre côté de la vallée, au Kansas. Demain, ils poursuivraient lentement la longue route vers le nord, qui les mènerait à Fort Dodge, là où étaient cantonnés les soldats.

CHAPITRE 14

LE CAMP INDIEN

Jour après jour, il faisait plus chaud. Le vent lui-même était chaud.

— On croirait qu'il sort d'un four, déclarait Maman.

L'herbe jaunissait. L'univers entier n'était plus que vagues vertes et or sous un ciel de feu.

Vers midi, le vent tombait. Les oiseaux se taisaient. Il régnait un silence tel que Laura entendait les écureuils pousser leurs petits cris dans les arbres des bords de la rivière. Un vol de corbeaux passa soudain au-dessus de sa tête en

poussant des croassements rauques et brefs. Puis le silence retomba.

Maman dit qu'on était à la mi-été.

Papa se demanda à voix haute où les Indiens étaient partis. Il expliqua qu'ils avaient quitté leur petit camp sur la prairie. Un jour, il demanda à Laura et à Marie si elles aimeraient aller voir l'emplacement de ce camp.

Laura bondit et battit des mains, mais Maman s'y opposa :

— C'est si loin, Charles. Et avec cette chaleur.

Les yeux bleus de Papa pétillèrent.

— Cette chaleur ne fait rien aux Indiens et elle ne nous fera rien à nous non plus, déclara-t-il. Venez, les petites filles.

— Est-ce que Jack peut nous accompagner, s'il te plaît, Papa? supplia Laura.

Papa avait déjà pris son fusil, mais il regarda Laura, il regarda Jack, puis il se tourna vers Maman et reposa son fusil sur les crochets.

— D'accord, Laura, dit-il. J'emmène Jack, Caroline, et je te laisse le fusil.

Jack se mit à sauter autour d'eux, agitant son moignon de queue. Dès qu'il eut compris quelle direction ils allaient prendre, il les dépassa et alla trotter en tête. Papa le suivait et derrière lui venaient Marie, puis Laura. Marie gardait sa capeline sur la tête, mais Laura laissa très vite la sienne pendre dans son dos.

Le sol était chaud sous leurs pieds nus. Les rayons du soleil transperçaient leurs robes fanées et leur picotaient les bras et le dos. L'air était vraiment aussi brûlant qu'au sortir d'un four et l'odeur dont il était chargé n'était pas sans rappeler celle du pain. Papa leur dit que cette odeur provenait de toutes les graines de graminées qui mûrissaient.

Ils s'enfonçaient toujours plus avant dans la vaste prairie. Laura se sentait rapetisser. Papa lui-même ne lui semblait plus aussi grand qu'il l'était en réalité. Au bout d'un très long temps, ils descendirent enfin dans le petit vallon où les Indiens avaient campé.

Jack fit lever un gros lapin. Quand ce dernier jaillit des herbes, Laura sauta en l'air.

Papa ordonna vivement au bouledogue :

— Laisse-le partir, Jack ! Nous avons assez de viande.

Jack s'assit donc et suivit des yeux le gros lapin qui s'enfuyait en bondissant vers le fond de la cuvette.

Laura et Marie examinaient les parages. Elles demeuraient auprès de Papa. Des arbustes poussaient sur les pentes du vallon — des cornouillers, parsemés de petites baies roses et des sumacs dressant leurs cônes verts, tout en révélant ici où là une feuille rouge vif. Les capitules des gerbes d'or devenaient gris et les pétales jaunes des marguerites dorées pendaient du cœur en se fanant.

Tout cela se trouvait caché dans le petit vallon secret. De la maison, Laura n'avait vu que des herbes, et maintenant qu'elle se trouvait dans ce repli de terrain, elle n'apercevait même plus la maison. La prairie semblait avoir partout le même niveau, alors qu'elle ne l'avait pas.

Laura demanda à Papa s'il y avait beaucoup de vallons comme celui-là dans la prairie. Il lui répondit que oui.

— Est-ce qu'il y a des Indiens, dedans? dit-elle, en chuchotant presque.

Il l'ignorait. Il se pouvait qu'il y en eût.

Elle serra bien fort sa main et Marie s'accrocha à son autre main, puis ils firent le tour du camp des Indiens. Il y avait des cendres aux endroits où les Indiens avaient allumé des feux. Il y avait des trous dans le sol, là où les piquets des tentes avaient été plantés. Des os traînaient là où les chiens des Indiens les avaient rongés. Tout au long des versants du vallon, les chevaux indiens avaient tondu l'herbe à ras.

On voyait partout des empreintes de grands mocassins, de mocassins moins importants et de petits pieds nus. Et recoupant ces traces, des empreintes de lapins, d'oiseaux et de loups.

Papa expliqua toutes ces empreintes à Marie et à Laura. Il leur montra les empreintes laissées par deux mocassins de taille moyenne auprès des cendres d'un feu de camp. Une Indienne s'était tenue accroupie à cet endroit. Elle portait une jupe en cuir, ornée de franges; les légères marques faites par les franges étaient demeurées dans la poussière. La trace des orteils de la femme, à l'intérieur des mocassins, était plus profonde que celle de ses talons, parce qu'elle

s'était penchée en avant pour remuer quelque chose dans une marmite posée sur le feu.

Papa ramassa alors un piquet fourchu, noirci par la fumée. Il leur dit que la marmite avait été suspendue à un bâton posé en travers de deux piquets fourchus, plantés dans le sol. Il montra à Marie et à Laura les trous laissés par les piquets fourchus. Puis il leur demanda d'examiner les os abandonnés autour du foyer et de lui dire ce qui avait cuit dans cette marmite.

Elles regardèrent, puis elles le lui dirent :

— Du lapin!

C'était vrai. Ces os étaient bien des os de lapin.

Brusquement, Laura s'écria :

— Regardez! Regardez!

Quelque chose de bleu clair brillait dans la poussière. Elle se baissa et ramassa une belle perle bleue. Laura poussa un cri de joie.

Marie vit alors une perle rouge, puis Laura découvrit une perle verte et elles oublièrent tout

ce qui n'était pas les perles. Papa les aida dans leurs recherches. Elles trouvèrent des perles blanches et des perles brunes et bien d'autres perles rouges et bleues. Tout l'après-midi, elles cherchèrent des perles dans la poussière du camp indien. De temps à autre, Papa montait tout en haut du versant du vallon et regardait vers la maison, puis il revenait les aider à chercher d'autres perles. Ils examinaient tous les trois le sol avec la plus grande attention.

Quand ils n'en trouvèrent plus, c'était presque le crépuscule. Laura avait une poignée de perles et Marie en avait une autre. Papa les noua soigneusement dans son mouchoir : les perles de Laura dans un coin, celles de Marie dans un autre. Il remit le mouchoir dans sa poche et ils reprirent le chemin de la maison.

Le soleil était bas derrière leur dos quand ils ressortirent du vallon. La maison était petite et très lointaine. Et Papa n'avait pas son fusil.

Papa marchait à une allure telle que Laura avait peine à le suivre. Elle trottait aussi vite qu'elle le pouvait, mais le soleil descendait plus vite encore sur l'horizon. La maison semblait s'éloigner de plus en plus. La prairie paraissait plus immense et un vent la parcourait en murmurant quelque chose d'inquiétant. Toutes les herbes s'agitaient comme si elles avaient eu peur.

Papa se retourna et une lueur de malice éclaira ses yeux bleus quand ils rencontrèrent ceux de Laura. Il lui demanda :

— Tu es fatiguée, ma petite chopine? C'est une longue trotte pour tes petites jambes.

Il la souleva dans ses bras, toute grande fille qu'elle était, et il la hissa sur ses épaules. Il prit Marie par la main et ils regagnèrent la maison tous ensemble.

Le dîner cuisait sur le feu. Maman était en train de mettre la table et Bébé Carrie jouait avec des petits morceaux de bois sur le plancher. Papa lança son mouchoir à Maman.

— Je rentre plus tard que je ne l'avais prévu, Caroline, dit-il. Mais regarde ce que les petites ont trouvé.

Il s'empara du seau à lait et s'en fut d'un pas vif détacher Pet et Patty de leurs piquets, puis traire la vache.

Maman dénoua le mouchoir et poussa un cri de surprise en en découvrant le contenu. Les perles étaient encore plus jolies qu'elles ne l'avaient paru au campement indien.

Laura remua les perles du bout de son doigt et les regarda miroiter et chatoyer.

— Celles-là sont à moi, annonça-t-elle.

Alors Marie déclara :

— Carrie peut prendre les miennes.

Maman attendit pour voir ce que Laura allait

dire. Laura ne voulait rien dire du tout. Elle voulait garder ses jolies perles. Elle sentit une grande chaleur lui envahir la poitrine et elle souhaita de toutes ses forces que Marie ne fût pas toujours une aussi gentille petite fille. Mais elle ne pouvait pas laisser Marie se montrer plus généreuse qu'elle.

Elle dit donc, lentement :

— Carie peut avoir les miennes aussi.

— Je reconnais bien là mes gentilles, mes généreuses petites filles, se réjouit Maman.

Elle fit couler les perles de Marie dans les mains de Marie et celles de Laura dans les mains

de Laura. Elle leur dit qu'elle allait leur donner un brin de fil pour les enfiler. Les perles feraient un joli collier pour Carrie.

Marie et Laura s'assirent côte à côte sur leur lit et enfilèrent leurs jolies perles. Chacune d'elles humectait son extrémité du fil en se la fourrant dans la bouche, avant de lui faire subir une torsion. Marie passait ensuite son extrémité du fil dans le petit trou de chacune de ses perles et Laura faufilait son extrémité du fil dans ses perles à elle, l'une après l'autre.

Elles ne disaient mot. Peut-être Marie se sentait-elle, en son for intérieur, douce et gentille, mais ce n'était pas le cas pour Laura. Une fois, elle jeta un coup d'œil à Marie et eut envie de lui donner une tape. Elle n'osa plus jeter le moindre regard à Marie.

Les perles firent un très joli collier. Carrie battit des mains et rit quand elle le vit. Maman le lui passa autour de son petit cou, après en avoir noué les deux extrémités et il y fit un très joli effet. Laura se sentit un petit peu mieux. Après tout, ses perles n'étaient pas assez nombreuses pour faire un vrai collier et celles de Marie non plus, mais une fois réunies, elles formaient tout un rang pour Carrie.

Quand Carrie sentit les perles autour de son cou, elle referma ses doigts dessus et tira. Elle était encore si petite qu'elle n'avait qu'une envie : casser le fil. Maman dénoua donc le collier et le rangea, en attendant que Carrie fût assez grande pour le porter : souvent, après ce jour, Laura songea à ces jolies perles. Elle était assez égoïste pour souhaiter avoir pu garder ses perles pour elle toute seule.

Elle avait tout de même vécu une journée merveilleuse. Elle pourrait longtemps se remémorer la longue marche à travers la prairie et tout ce qu'ils avaient vu dans le camp indien.

CHAPITRE 15

LA FIÈVRE INTERMITTENTE

A présent, les mûres étaient parvenues à maturité et par les chauds après-midis, Laura s'en allait les cueillir avec Maman. Les ronciers du fond de la vallée étaient couverts de grosses mûres, noires et juteuses. Certains buissons se trouvaient à l'ombre des arbres, d'autres au soleil, mais il faisait si chaud au soleil que Laura et Maman ne cueillaient qu'à l'ombre. Il y avait des quantités de fruits.

Les cerfs, couchés dans les bouquets d'arbres, suivaient Maman et Laura des yeux. Des geais bleus piquaient sur leurs capelines et protestaient parce qu'elles prenaient des mûres. Des serpents fuyaient en hâte à leur approche et dans les arbres, les écureuils qui s'éveillaient, s'indignaient à petits cris de leur présence. Partout où elles cueillaient, dans les ronciers hérissés d'épines, elles faisaient lever des nuées de moustiques.

Les moustiques s'étaient abattus en masse sur les grosses mûres bien noires, dont ils aimaient le jus sucré. Mais il prenaient tout autant de plaisir à piquer Maman et Laura qu'à se nourrir de mûres.

Les doigts et la bouche de Laura étaient maculés de jus d'un noir violet. Son visage, ses mains, ses pieds nus étaient couverts d'égratignures et de piqûres de moustiques. Ils étaient également maculés de taches pourpres aux endroits où elle s'était donné des tapes pour chasser les moustiques. Mais jour après jour, elles rapportaient des seaux pleins de mûres que Maman étalait au soleil pour les faire sécher.

Tous les jours, ils mangeaient des mûres tout leur saoul et l'hiver prochain, ils pourraient manger des mûres séchées en compotes.

Marie n'allait presque jamais cueillir des mûres. Elle restait à la maison pour garder Bébé Carrie, parce qu'elle était la plus grande. Dans la journée, il n'y avait qu'un moustique ou deux à l'intérieur de la maison. Mais la nuit, quand le vent ne soufflait pas très fort, les moustiques y pénétraient en nuages épais. Les nuits de calme plat, Papa faisait brûler des tas d'herbes humides autour de la maison et de l'étable. L'herbe humide donnait un écran de fumée qui devait maintenir les moustiques à distance. Mais bon nombre de moustiques entraient tout de même.

Papa ne pouvait plus jouer du violon, le soir, tant les moustiques le piquaient. M. Edwards ne venait plus les voir à la veillée, parce que les nuées de moustiques étaient trop denses dans la vallée. Toute la nuit, Pet, Patty, le poulain, le veau et la vache tapaient du sabot et se fouettaient les flancs de la queue, dans leur étable. Et au matin, Laura avait le front piqueté de rouge.

— Ça ne va pas durer, disait Papa. L'automne arrive et le premier vent froid les chassera!

Laura ne se sentait pas très bien. Un jour, alors qu'elle était au soleil, elle eut l'impression d'avoir froid et ne parvint pas à se réchauffer près du feu.

Maman lui demanda pourquoi elle n'allait pas jouer dehors avec Marie, mais Laura lui répondit qu'elle n'avait pas envie de jouer. Elle était fatiguée et elle avait mal.

Maman s'arrêta de travailler pour lui demander :

— Où as-tu mal?

Laura ne parvenait pas à le préciser. Elle se contenta de répéter :

— J'ai juste mal. J'ai mal aux jambes.

— J'ai mal aussi, avoua Marie.

Maman les dévisagea et déclara qu'elles lui paraissaient en bonne santé. Elle reconnut toutefois qu'elles devaient avoir quelque chose pour être si calmes. Elle souleva la jupe et les jupons de Laura pour regarder à quel endroit celle-ci avait mal aux jambes et, brusquement, Laura fut prise de frissons. Elle frissonnait à tel point qu'elle entendait ses dents claquer.

Maman posa une main contre la joue de Laura.

— Tu ne peux pas avoir froid, protesta Maman. Ton visage est brûlant.

Laura avait envie de pleurer, mais elle se retint. Il n'y avait que les bébés qui pleuraient.

— J'ai chaud, maintenant, reconnut-elle, mais j'ai mal dans le dos.

Maman appela Papa et celui-ci entra dans la maison.

— Charles, viens donc voir nos filles, dit-elle. Je crois bien qu'elles sont malades.

— Pour tout dire, je ne me sens pas trop bien moi-même, admit Papa. D'abord, j'ai chaud, puis j'ai froid et j'ai mal un peu partout. C'est ce que vous ressentez, les petites filles? Vous avez mal jusque dans les os?

Marie et Laura lui dirent que c'était bien ce qu'elles ressentaient. Alors Maman et Papa échangèrent un long regard. Maman déclara :

— Mes petites filles, vous seriez mieux dans votre lit.

Bien que cela eût fait un drôle d'effet que d'être mise au lit en plein jour, Laura avait si chaud que tout lui paraissait tourner autour d'elle. Elle s'accrocha au cou de Maman pendant que celle-ci la déshabillait et elle la supplia de lui dire ce qu'elle avait.

— Ça ira bientôt mieux. Ne t'inquiète pas, la rassura Maman.

Laura se glissa dans son lit et Maman l'y borda. Maman lui caressa le front de sa douce main fraîche.

— Là, voilà, dit-elle. Dors, maintenant.

Laura ne s'endormit pas vraiment, mais elle ne fut pas franchement réveillée non plus avant un très, très long temps. Des choses bizarres paraissaient se produire continuellement dans un brouillard. Elle voyait Papa accroupi près du feu au milieu de la nuit, et soudain, le soleil lui faisait mal aux yeux. Maman lui faisait avaler du bouillon à la cuiller. Quelque chose diminuait peu à peu, devenait de plus en plus petit, jusqu'à ce que cela fût aussi menu que l'objet le plus minuscule auquel on pût penser. Lentement, cela enflait jusqu'à ce que cela devînt plus énorme que tout ce qu'on avait pu imaginer. Deux voix jacassaient de plus en plus vite, puis une voix lente émettait des sons, en traînant d'une façon intolérable. Il n'y avait pas de mots articulés — simplement des voix.

Marie était toute chaude, dans le lit, à côté d'elle. Marie rejetait les couvertures et Laura pleurait, parce qu'elle avait trop froid. Puis Laura fut envahie à son tour par la fièvre et la main de Papa lui tendit en tremblant une timbale d'eau. L'eau lui coula dans le cou. La timbale branlait si fort qu'elle pouvait à peine boire. A un certain moment, Maman vint border les couvertures et la main de Maman parut brûlante à la joue de Laura.

Laura entendit Papa lui enjoindre :

— Va te coucher, Caroline.

Maman répliquait :

— Tu es plus malade que moi, Charles.

Laura ouvrit les yeux et vit qu'un beau soleil inondait la pièce. Marie sanglotait :

— Je veux un verre d'eau! Je veux un verre d'eau! Je veux un verre d'eau!

Jack allait et venait entre le grand lit et le petit lit. Laura vit que Papa était couché sur le plancher, près du grand lit.

Jack donna des petits coups de pattes à Papa et gémit. Il tira la manche de Papa avec ses dents et la secoua. Papa souleva un peu la tête et dit :

— Il faut que je me lève. Il le faut. Caroline et les petites.

Sa tête retomba et il demeura immobile. Jack leva son museau et se mit à hurler.

Laura essaya de se lever, mais elle était trop fatiguée. Elle aperçut alors, au bord du grand lit, le visage rouge de Maman tourné vers elle. Marie, cependant, ne cessait de réclamer à boire. Maman jeta un regard vers Marie, puis un autre vers Laura et elle murmura :

— Laura, est-ce que tu peux?

— Oui, Maman, répondit Laura.

Cette fois, elle sortit du lit. Mais quand elle essaya de se tenir debout, le plancher vacilla et elle tomba par terre. La langue de Jack lui lécha et lui relécha le visage. Il trembla. Il gémit. Mais il demeura immobile et ferme sur ses pattes quand elle prit appui sur lui et s'adossa contre son corps pour s'asseoir.

Elle savait qu'elle devait aller chercher de l'eau pour arrêter les pleurs de Marie et c'est ce qu'elle fit. Elle traversa toute la pièce en rampant sur le plancher pour atteindre le seau d'eau. Il ne restait plus qu'une petite quantité d'eau dedans. Elle grelottait à tel point qu'elle pouvait à peine attraper la louche. Elle s'en saisit pourtant, la plongea dans l'eau et entreprit de retraverser cet immense plancher. Jack resta à ses côtés durant tout le voyage.

Marie n'ouvrit même pas les yeux. Ses mains se refermèrent sur la louche et elle avala toute

l'eau qu'elle contenait. Elle cessa enfin de pleurer. La louche roula sur le plancher et Laura se glissa sous les couvertures. Il lui fallut attendre longtemps avant de sentir qu'elle se réchauffait à nouveau.

Il lui arrivait d'entendre Jack pleurer. Il lui arrivait de l'entendre hurler et elle le prenait pour un loup, mais elle n'avait pas peur. Elle demeurait couchée, brûlante de fièvre et l'écoutait hurler. Elle entendit à nouveau les voix qui bredouillaient de manière incompréhensible, puis la voix lente qui traînait. Quand elle ouvrit les yeux, elle découvrit un grand visage noir, penché au-dessus du sien.

Ce visage était noir comme du charbon et tout luisant. Les yeux en étaient noirs et doux. Les dents étincelaient de blancheur dans une grande bouche aux lèvres épaisses. Un sourire l'éclaira et une voix profonde ordonna à voix basse :

— Bois ça, petite fille.

Un bras souleva ses épaules et une main noire approcha une timbale de sa bouche. Laura avala une gorgée d'un liquide amer et tenta de détourner la tête, mais la timbale suivit sa bouche. La voix douce et grave répéta :

— Bois ça. Ça va te guérir.

Laura avala donc toute la boisson amère.

Quand elle s'éveilla à nouveau, une grosse femme tisonnait le feu. Laura l'examina avec attention. Elle n'était pas noire, simplement hâlée, comme Maman.

— Je voudrais boire, s'il vous plaît.

La grosse femme lui apporta aussitôt de l'eau. La bonne eau fraîche fit du bien à Laura. Elle regarda Marie, endormie près d'elle. Elle regarda Papa et Maman, endormis dans le grand lit. Jack était couché sur le plancher, assoupi. Laura examina à nouveau la grosse femme et lui demanda :

— Qui êtes-vous?

— Je suis Mme Scott répondit la femme, en souriant. Alors, comme ça, tu te sens mieux, n'est-ce pas?

— Oui, merci, répondit poliment Laura.

La grosse femme lui apporta une timbale pleine de chaud bouillon de poule des prairies.

— Bois ça jusqu'au bout, comme une gentille petite fille, lui dit-elle.

Laura but le bon bouillon jusqu'à la dernière goutte.

— Maintenant, rendors-toi, lui dit Mme Scott. Je suis venue m'occuper de tout jusqu'à ce que vous soyez tous guéris.

Le lendemain matin, Laura se sentit tellement mieux qu'elle voulut se lever, mais Mme Scott déclara qu'elle devait rester au lit, en attendant la visite du docteur. Tout en demeurant couchée, elle regarda Mme Scott mettre de l'ordre dans la maison et donner leur médicament à Papa, à Maman et à Marie. Vint le tour de Laura. Elle ouvrit la bouche et Mme Scott, armée d'un cornet de papier, versa une poudre très amère sur la langue de Laura. Laura but de l'eau et avala, puis elle avala et reprit de l'eau. Elle arrivait bien à avaler la poudre mais elle ne parvenait pas à faire disparaître le goût amer.

Le docteur arriva. C'était le Noir. Laura n'avait jamais vu de Noir auparavant. Elle ne pouvait quitter des yeux le docteur Tan. Il était d'un noir si profond. Elle aurait eu peur de lui, si elle n'avait éprouvé autant de reconnaissance à son égard. Il lui souriait. Il parlait à Papa et à Maman, puis partait d'un grand éclat de rire sympathique. Ils auraient tous voulu le voir rester plus longtemps, mais il lui fallait repartir en hâte.

Mme Scott expliqua que tous les pionniers installés en amont et en aval avaient des accès de fièvre intermittente. Il ne restait pas assez de

personnes valides pour s'occuper des malades, aussi était-elle allée de maison en maison, travaillant nuit et jour.

— C'est un miracle que vous vous en soyez tirés, déclara-t-elle. Tous malades en même temps comme vous l'étiez.

Elle se demandait ce qui se serait passé, si le docteur Tan ne les avait pas trouvés.

Le docteur Tan exerçait la médecine auprès des Indiens. Il se rendait à Independence, dans le nord, quand il était tombé sur la maison de Papa. Il s'était alors passé quelque chose de curieux : Jack, qui détestait les étrangers et ne permettait à personne d'approcher de la maison tant que Papa et Maman ne lui avait pas ordonné de le faire, Jack était allé à la rencontre du docteur Tan et l'avait supplié d'entrer.

— Et voilà que vous étiez là, plus morts que vifs, dit Mme Scott.

Le docteur Tan avait passé un jour et une nuit auprès d'eux, avant la venue de Mme Scott. Pour le moment, il soignait tous les malades des environs.

Mme Scott prétendait que cette maladie était causée par les pastèques.

— J'ai dit cent fois plutôt qu'une que les pastèques...

— De quoi parlez-vous? questionna Papa. Qui est-ce qui a des pastèques?

Mme Scott expliqua qu'un des nouveaux colons avait planté des pastèques dans la vallée. Et que tous ceux qui en avaient mangé étaient malades, actuellement. Elle prétendait les avoir avertis.

— Mais non, ça n'a servi à rien, s'indignait-elle. Inutile de discuter avec eux. Ils voulaient manger ces pastèques et à présent, ils le payent.

— J'n'ai pas mangé une bonne tranche de pastèque au moins depuis qu'Attila était un bébé, dit Papa.

Le lendemain, il était sorti de son lit. Le jour suivant, c'était le tour de Laura. Puis vint celui de Maman et enfin celui de Marie. Ils étaient encore amaigris et chancelants, mais ils pouvaient se tirer d'affaire tout seuls. Mme Scott allait repartir chez elle.

Maman lui dit qu'elle ne savait comment ils pourraient jamais la remercier. Mme Scott s'exclama alors :

— Allons donc! A quoi ça servirait d'être voisins, si ça n'était pas pour s'aider les uns les autres.

Papa avait les joues creuses et il marchait avec difficulté. Maman s'asseyait souvent pour se reposer. Laura et Marie n'avaient pas envie de jouer. Tous les matins, ils ne manquaient pas de prendre de la poudre amère. Mais Maman avait retrouvé son joli sourire et Papa sifflait joyeusement.

— A quelque chose, malheur est bon, déclara-t-il.

Comme il ne pouvait travailler, il allait faire un fauteuil à bascule pour Maman.

Il remonta quelques jeunes saules des bords de la rivière et il s'installa à l'intérieur de la maison pour faire le fauteuil. Il lui était ainsi possible de s'interrompre à tout moment pour mettre du bois sur le feu ou pour soulever une bouilloire.

Il fit tout d'abord quatre pieds solides et les entretoisa solidement par des traverses. Il découpa ensuite de minces bandes de saule, prises à l'endroit où elles avaient la plus grande résistance, juste sous l'écorce. Il disposa ces éclisses en bandes parallèles pour constituer la chaîne, puis passa alternativement à angle droit sur et sous les bandes de la chaîne d'autres bandes parallèles qui en constituaient la trame.

Il fendit alors en deux un grand et jeune saule, bien droit. Il chevilla l'extrémité d'une de ses moitiés sur l'un des côtés du fond de la chaise, puis l'incurva en demi-cercle avant d'en cheviller l'autre extrémité sur le côté opposé du fond. Ceci faisait un haut dossier arrondi au fauteuil. Papa l'entretoisa solidement à son tour, puis il fit une chaîne des minces éclisses de saule avant de tresser la trame et de garnir tout le dossier du fauteuil.

La seconde moitié du jeune saule servit à faire les bras du fauteuil. Papa les courba de l'avant du fond vers le dossier et il les garnit à leur tour d'éclisses.

Pour finir, il fendit un saule de diamètre plus fort, qui s'était courbé en grandissant. Papa mit le fauteuil la tête en bas et chevilla les pièces courbes sous les pieds, pour qu'ils puissent osciller d'avant en arrière. Le fauteuil était terminé.

Ils célébrèrent alors l'événement. Maman enleva son tablier, puis lissa ses cheveux châtains et lisses. Elle fixa son épingle d'or devant le col de son corsage. Marie noua le collier de perles autour du cou de Carrie. Papa et Laura posèrent l'oreiller de Marie sur le siège du fauteuil et celui de Laura contre le dossier.

Par-dessus les oreillers, Papa étala la courtepointe du petit lit. Puis il prit Maman par la main et l'emmena jusqu'au fauteuil avant de lui déposer Bébé Carrie dans les bras.

Maman s'abandonna à tant de confort moelleux. Une rougeur envahit ses joues amaigries et les larmes lui montèrent aux yeux, mais elle eut un beau sourire. Le fauteuil se balançait doucement. Maman soupira :

— Ah, Charles, je ne me suis pas sentie aussi bien depuis je ne sais plus quand.

Papa prit alors son violon. Il joua et chanta pour Maman dans la lumière du feu. Comme Maman se balançait toujours, Bébé Carrie s'endormit. Marie et Laura, qui avaient pris place sur leur banc, se sentaient heureuses.

Dès le lendemain, Papa partit sur le dos de Patty sans dire où il allait. Maman se demandait bien où il était passé. Quand Papa revint, il tenait une pastèque en équilibre devant lui sur la selle.

Il eut beaucoup de mal à la transporter à l'intérieur de la maison. Il la fit rouler sur le plancher et se laissa tomber sur le sol à côté.

— J'ai cru que je n'arriverais jamais à l'apporter jusqu'ici, expliqua-t-il. Elle doit peser dans les vingt kilos et j'ai aussi peu de forces que l'enfant qui vient de naître. Passe-moi le couteau à découper.

— Mais, Charles! protesta Maman. Tu sais bien qu'il ne faut pas. Mme Scott a dit...

Papa partit de son grand rire sonore.

— Mais ça n'a pas deux sous de raison, dit-il. Cette pastèque est saine. Pourquoi est-ce qu'elle devrait avoir la fièvre intermittente? Tout le monde sait très bien qu'on attrape la fièvre intermittente en respirant l'air de la nuit!

— Cette pastèque a poussé avec l'air de la nuit, rétorqua Maman.

— C'est absurde, voyons! Passe-moi le couteau à découper. Je mangerais de cette pastèque, même si je savais qu'elle allait me faire prendre un chaud et froid.

— Je crois bien que c'est ce qui va t'arriver, lui dit Maman, en lui tendant le couteau.

Celui-ci pénétra dans la pastèque avec un bruit qui vous mettait l'eau à la bouche. L'écorce verte se fendit, révélant la chair rouge vif, tachetée de noir par les pépins. Le cœur rouge avait l'air tout à fait glacé. Rien n'avait jamais paru aussi tentant que cette pastèque par une chaude journée comme celle-là.

Maman ne voulut pas y goûter. Ell ne permit ni à Laura, ni à Marie d'en avaler la moindre bouchée. Mais Papa avala tranche après tranche, jusqu'au moment où il poussa un soupir de contentement et déclara que la vache pouvait avoir le reste.

Le lendemain, il eut un peu froid et un peu de fièvre. Maman mit cela sur le compte de la pastèque. Mais le jour suivant, elle eut un peu froid et un peu de fièvre. Ils ne surent donc plus à quoi attribuer la fièvre intermittente dont ils avaient été victimes.

On ignorait, à cette époque, que la fièvre intermittente était une maladie appelée malaria, qui est transmise aux hommes par la piqûre de certains moustiques.

CHAPITRE 16

LE FEU DE CHEMINÉE

La prairie avait changé d'aspect. Elle était jaune foncé, presque brune, à présent, et des traînées rouges de sumac la zébraient. Le vent se lamentait dans les hautes herbes ou murmurait tristement dans l'herbe à bison, courte et bouclée. La nuit, le vent prenait les accents d'un homme en pleurs.

Papa répétait qu'il trouvait ce pays extraordinaire. Quand ils habitaient dans les grands bois, il lui avait falllu couper du foin, le sécher, l'emmeuler, et enfin l'engranger pour l'hiver. Ici, sur la Haute Prairie, le soleil avait séché sur place les herbes folles et durant tout l'hiver les mustangs et la vache pourraient brouter leur ration de foin sur pied. Il lui suffirait de préparer une petite meule pour les jours de mauvais temps.

Comme il faisait plus frais, Papa allait se rendre à la ville. Il n'y était pas allé durant l'été, tant qu'il faisait chaud, car la chaleur aurait été trop pénible pour Pet et Patty. Il leur faudrait tirer le chariot sur un peu plus de trente kilomètres chaque jour, si Papa voulait atteindre la ville en deux jours. Et il souhaitait ne s'absenter de la maison que pour un minimum de temps.

Il prépara la petite meule de foin près de l'étable. Il coupa le bois de l'hiver et l'empila en une longue cordée contre la maison. Il ne lui restait plus qu'à leur procurer une provision de viande suffisante pour couvrir leurs besoins durant son absence. Il prit donc son fusil et s'en fut chasser.

Laura et Marie jouaient dehors dans le vent. Quand elles entendirent un coup de fusil résonner dans les bois de la vallée, elles comprirent que Papa avait abattu du gibier.

Le vent était plus frais, à présent, et tout au long de la rivière des bandes de canards sauvages s'élevaient, volaient sur une courte distance et se reposaient. On voyait surgir vers l'amont de longues files d'oies sauvages qui volaient en triangle et fuyaient vers le sud. L'oie-guide appelait celles qui la suivaient. « Gah? » criaillait-elle. L'une après l'autre, selon son rang dans les files, les oies sauvages lui répondaient. « Gah ». « Gah ». « Gah ». Alors, l'oie de tête reprenait « Gah! » et les autres cacardaient : « Gah-gah! Gah-gah! » L'oie-guide piquait droit vers le sud sur ses puissantes ailes et les longues files la suivaient, en soutenant l'allure.

Les cimes des arbres des berges avaient pris couleur, maintenant. Les chênes étaient rouges, jaunes, bruns et verts. Les peupliers, les sycomores et les noyers étaient jaune d'or. Le ciel n'était plus d'un bleu aussi vif et le vent était âpre.

Au cours de l'après-midi, le vent se mit à souffler avec violence et la température baissa. Maman fit entrer Marie et Laura. Elle mit des bûches sur le feu, tira son fauteuil à bascule près de l'âtre, s'assit pour bercer Bébé Carrie en lui chantant doucement :

Dodo, mon bébé lapinot.
Papa ira chasser tantôt,
D'un lapin il rapportera la peau,
L'en enveloppera son bébé pour qu'il ait bien chaud.

Laura perçut un petit craquement dans la cheminée. Maman s'arrêta de chanter. Elle se pencha et regarda vers le haut de la cheminée. Puis elle se leva sans dire mot, déposa Carrie dans les bras de Marie, assit Marie dans le fauteuil à bascule et se précipita au-dehors. Laura courut derrière elle.

Tout le haut de la cheminée était en feu. Les morceaux de bois dont il était fait étaient en train de brûler. Les flammes rugissaient sous l'effet du vent et léchaient déjà le toit que rien ne protégeait. Maman s'empara d'une longue perche et frappa, frappa au milieu des flammes rugissantes. Des brandons enflammés tombèrent tout autour d'elle.

Laura ne savait que faire. Elle prit une perche à son tour, mais Maman lui ordonna de rester à distance. Le feu qui rugissait était terrifiant. Il allait brûler toute la maison et Laura ne pouvait rien faire.

Elle rentra en courant. Des morceaux de bois en flammes et des tisons tombaient de la cheminée, puis sautaient hors du foyer. La maison était pleine de fumée. Un gros morceau de bois enflammé roula sur le plancher, sous les jupes de Marie. Marie, paralysée par la peur, ne bougeait pas.

Laura était trop effrayée pour prendre le temps de réfléchir. Elle attrapa le dossier du lourd fauteuil à bascule et tira de toutes ses forces. Le fauteuil dans lequel étaient réfugiées Marie et Carrie glissa en arrière sur le plancher. Laura se saisit du bois qui brûlait et le rejeta dans l'âtre, au moment même où Maman rentrait.

— Tu es mignonne, Laura, de t'être souvenue combien je t'avais recommandé de ne jamais laisser quelque chose brûler sur le plancher, la félicita Maman.

Elle prit le seau d'eau, et vivement, sans prononcer un mot, versa l'eau sur le feu dans l'âtre. Des nuages de fumée s'élevèrent.

Maman demanda alors à Laura :

— T'es-tu brûlé les mains?

Elle lui examina les mains, mais celles-ci n'avaient pas de brûlures, car Laura avait très vite rejeté le morceau de bois enflammé.

Laura ne pleurait pas, parce qu'elle savait qu'elle était trop grande pour pleurer. Seules, deux larmes roulaient sur ses joues et elle avait la gorge serrée, mais on ne pouvait pas vraiment appeler cela pleurer. Elle cacha soudain son visage contre Maman et se serra très fort contre elle. Elle était si heureuse que Maman n'ait pas été blessée.

— Ne pleure pas, Laura, lui dit Maman, en lui caressant les cheveux. Tu as eu peur?

— Oui, dit Laura. J'ai eu peur que Marie et

Carrie ne soient brûlées vives. J'ai eu peur que la maison ne brûle et que nous n'ayons plus de maison. J'ai encore peur, maintenant !

Marie avait retrouvé la parole. Elle raconta à Maman comment Laura avait éloigné le fauteuil du feu. Laura était si petite, le fauteuil, si gros et si lourd, quand Marie et Carrie l'occupaient, que Maman fut toute étonnée d'apprendre cela. Elle leur dit qu'elle se demandait comment Laura avait pu y réussir.

— Tu es une courageuse petite fille, Laura, la complimenta-t-elle.

Mais en réalité, Laura n'avait réagi que sous l'empire de la peur.

— Et il ne s'est rien passé de grave, poursuivit Maman. La maison n'a pas brûlé, les jupes de Marie n'ont pas pris feu, et ni elle, ni Carrie n'ont eu de brûlures. Tout se termine donc bien.

Quand Papa revint, il trouva le feu éteint. Le vent rugissait au ras des pierres plates, qui constituaient le sommet de la cheminée et la maison était glaciale. Mais Papa déclara qu'il allait reconstruire le haut de la cheminée avec du petit bois vert et de la glaise fraîche. Il enduirait si bien le bois que celui-ci ne pourrait plus prendre feu.

Il avait rapporté quatre canards bien gras et il expliquait qu'il aurait pu en tuer des centaines et des centaines d'autres. Mais quatre leur suffiraient amplement. Il dit à Maman :

— Si tu mets de côté les plumes des canards et des oies que nous mangeons, j'en aurai vite abattu assez pour nous faire un lit de plumes.

Il aurait pu, bien entendu, tuer un cerf, mais il ne faisait pas encore assez froid pour que la viande gelât et elle se serait gâtée, avant qu'ils aient eu le temps de la consommer. Il avait découvert aussi l'endroit où nichait une petite société de dindons sauvages.

— Elle nous fournira une dinde pour la fête de Thanksgiving [1] et pour celle de Noël, dit-il. Ce sont de grandes, de grosses, de grasses bêtes. J'irai les chercher le moment venu.

Papa partit en sifflant pour mélanger la terre argileuse et l'eau, puis couper du bois vert, afin de reconstruire le haut de la cheminée, cependant que Maman vidait les canards. Le feu crépita bientôt. Un gros canard fut mis à rôtir et les biscuits de maïs à cuire. Tout était redevenu confortable et avenant.

Après le dîner, Papa déclara qu'il avait l'intention de partir pour la ville de bonne heure le lendemain matin.

— Je ferais aussi bien d'y aller et d'en finir une fois pour toutes, expliqua-t-il.

1. Quatrième jeudi de novembre. Jour d'action de grâce pour commémorer la première année de colonisation anglaise en Amérique du Nord.

— Bien sûr, Charles, il vaut mieux que tu y ailles, lui répondit Maman.

— On pourrait très bien s'en tirer, si je n'y allais pas, remarqua Papa. Il n'est pas nécessaire de courir en ville pour un oui ou pour un non. J'ai déjà fumé du meilleur tabac que cette chose que Scott a fait pousser en Indiana, mais il peut faire l'affaire. J'en ferai pousser un peu l'été prochain et je le lui rendrai. Je regrette simplement d'avoir emprunté ces clous à Edwards.

— Tu les lui as tout de même empruntés, Charles, répliqua Maman. Quant au tabac, tu n'aimes pas plus emprunter que moi. Nous avons besoin de davantage de quinine. J'ai économisé la farine de maïs, mais elle est presque terminée, de même que le sucre. Tu trouveras peut-être un arbre à miel, mais on ne trouve certainement pas d'arbre à farine, à ma connaissance, et nous ne ferons pas pousser de maïs avant l'année prochaine. Un petit peu de porc salé serait bien agréable aussi, après tout ce gibier. Enfin, Charles, j'aimerais bien écrire à nos parents du Wisconsin. Si tu postes une lettre maintenant, ils pourront écrire cet hiver et nous aurons des nouvelles d'eux au printemps prochain.

— Tu as raison, Caroline. Tu as d'ailleurs toujours raison, répondit Papa.

Il se tourna alors vers Marie et vers Laura. Il

leur rappela qu'il était temps d'aller se coucher. S'il voulait partir de très bonne heure demain matin, il valait mieux qu'il se couchât tôt ce soir.

Il enleva ses bottes, tandis que Marie et Laura enfilaient leurs chemises de nuit. Mais quand elles furent couchées, il décrocha son violon. Il se mit à jouer avec douceur et c'est d'une voix tendre qu'il chanta :

Si vert est le laurier,
Et aussi l'est la rue,
Si triste, mon aimée,
De te quitter, je fus...

Maman se tourna vers lui et sourit.

— Prends bien soin de toi, pendant ce voyage, Charles, et ne t'inquiète pas pour nous, lui recommanda-t-elle. Nous nous débrouillerons très bien.

CHAPITRE 17

PAPA SE REND EN VILLE

Papa s'en fut avant l'aube. Quand Laura et Marie se réveillèrent, il n'était plus là et tout paraissait vide et désolé. Ce n'était pas comme si Papa s'en était allé à la chasse. Il s'était rendu en ville et ne reviendrait pas avant quatre longs jours.

Bunny avait été enfermée dans l'étable, afin qu'elle ne suive pas sa mère. Le voyage était trop long pour un jeune mulet. Bunny hennissait car il se sentait abandonné. Laura et Marie demeurèrent dans la maison avec Maman.

Dehors, tout semblait trop vaste et trop vide pour jouer si Papa ne se trouvait pas dans les parages. Jack était mal à l'aise, lui aussi, et plus vigilant que jamais.

A midi, Laura alla avec Maman donner de l'eau à Bunny et déplacer le piquet de la vache pour la mettre dans une nouvelle zone d'herbe. La vache était tout à fait apprivoisée, maintenant. Elle suivait Maman là où celle-ci la menait et laissait même Maman la traire.

A l'heure de la traite, Maman était en train de mettre sa capeline, quand soudain tous les poils de Jack se hérissèrent sur son cou et sur son dos. Il se rua hors de la maison. Elles entendirent un cri, un bruit de course, puis un appel :

— Rappelez votre chien! Rappelez votre chien!

M. Edwards était perché sur le tas de bois et Jack y grimpait derrière lui.

— Il m'a forcé à me percher là-haut, s'écriait M. Edwards, tout en reculant vers le haut du tas de bois.

Maman eut beaucoup de peine à éloigner Jack. Le chien découvrait les dents, l'air féroce, et il avait les yeux injectés de sang. Il lui fallut permettre à M. Edwards de descendre, mais il ne relâcha pas un instant sa surveillance, tant que dura la visite de celui-ci.

Maman s'exclama :

— Ça, par exemple! On dirait qu'il sait que M. Ingalls n'est pas là.

M. Edwards remarqua que les chiens en savaient plus long qu'on ne le croyait souvent.

Avant de se rendre en ville, Papa avait fait halte, le matin même, chez M. Edwards pour lui demander de passer chaque jour chez lui et de voir si tout allait bien. M. Edwards était un voisin si gentil qu'il était passé à l'heure où l'on s'occupe des bêtes pour en prendre soin à la place de Maman. Mais Jack s'était mis en tête de ne laisser personne, sauf Maman, s'approcher de la vache ou de Bunny pendant l'absence de Papa. Il fallut l'enfermer dans la maison, pendant que M. Edwards s'en occupait.

Au moment de partir, M. Edwards dit à Maman :

— Gardez ce chien dans la maison, ce soir, et vous serez certainement en sûreté.

L'obscurité gagna lentement les alentours de la maison. Le vent se mit à pleurer d'une voix mélancolique et les hiboux s'interrogeaient : « Où-où? Hou-hou. » Un loup hurla et un grondement sourd monta dans la gorge de Jack. Marie et Laura s'étaient assises tout près de Maman, au coin du feu. Elles savaient qu'elles étaient en sécurité dans la maison, parce que Jack s'y trouvait avec elles et que Maman avait tiré le cordon à l'intérieur.

Le second jour leur parut tout aussi dépeuplé que le premier. Jack faisait le tour de l'étable et celui de la maison, puis il repartait tourner autour de l'étable, avant de revenir à la maison. Il ne prêtait pas la moindre attention à Laura.

Dans l'après-midi, Mme Scott rendit visite à Maman. Tout le temps où elles se parlèrent, Laura et Marie, en petites filles bien élevées, demeurèrent assises, aussi discrètes que des petites souris. Mme Scott admira le nouveau fauteuil à bascule. Plus elle s'y balançait, plus il semblait lui plaire. Elle complimenta Maman d'avoir une maison aussi bien tenue, aussi confortable et aussi jolie.

Elle n'espérait, pour sa part, qu'une chose, c'est qu'ils n'aient aucun ennui avec les Indiens. M. Scott avait entendu dire qu'ils avaient causé des ennuis quelque part dans la région.

— Le Ciel nous est témoin que ces gens-là ne feraient rien tout seuls de ce pays! Ils ne savent qu'y rôder, comme des bêtes sauvages. Traités ou pas, ce pays appartiendra aux gens qui le cultiveront. Ça n'est que juste et raisonnable.

Elle se demandait pourquoi le gouvernement avait signé des traités avec les Indiens. Le seul bon Indien était un Indien mort. Le fait même de songer aux Indiens lui faisait froid dans le dos.

— Je n'arrive pas à oublier le massacre du Minnesota, confiait-elle. Mon papa et mes frères étaient partis là-bas, avec le reste des colons, et ils ne les ont arrêté qu'à vingt-quatre kilomètres à l'ouest de chez nous. J'ai souvent entendu Papa raconter comment ils...

Maman s'éclaircit vivement la voix et Mme Scott se tut. Un massacre, apparemment, était une chose dont les grandes personnes ne voulaient pas parler devant les petites filles.

Après le départ de Mme Scott, Laura demanda à Maman ce qu'était un massacre. Maman lui répondit qu'elle ne pouvait pas le lui expliquer pour le moment. Laura comprendrait ce qu'il en était quand elle serait un peu plus grande.

M. Edwards vint à nouveau soigner les bêtes, ce soir-là, et cette fois encore, Jack l'obligea à se percher sur le tas de bois. Maman dut le traîner de force pour l'éloigner. Elle dit à M. Edwards qu'elle n'arrivait pas à comprendre ce que ce chien avait dans la tête. Peut-être était-ce le vent qui lui faisait cet effet-là.

Le vent mugissait de façon étrange, farouche. Il pénétrait à tel point au travers des vêtements de Laura qu'elle avait l'impression de ne rien avoir sur elle. Elle et Marie claquaient des dents. tout en portant de nombreuses brassées de bûches dans la maison.

Ce soir-là, elles se dirent que Papa devait être

rendu à Independence. Si rien ne l'avait retardé, il devait y camper, en ce moment même, à proximité des maisons et des gens. Demain, il irait au magasin pour acheter des choses. Puis, s'il parvenait à repartir d'assez bonne heure, il s'engagerait sur la route du retour et camperait dans la prairie demain soir. Et le soir suivant, il serait peut-être là.

Le matin venu, le vent soufflait avec rage et il était si froid que Maman laissa la porte fermée. Laura et Marie demeurèrent près du feu et écoutèrent le vent hurler autour de la maison et mugir dans la cheminée. Dans l'après-midi, elles se demandèrent si Papa était en train de quitter Independence et s'il se mettait en route pour les rejoindre, contre ce vent.

Ensuite, quand il fit noir, elles s'inquiétèrent de l'endroit où il pouvait camper. Le vent était atrocement froid. Il pénétrait dans leur douillette petite maison et leur donnait des frissons dans le dos, alors qu'elles avaient le visage rôti par le feu. Quelque part dans l'immense, l'obscure, la solitaire prairie, Papa était en train de camper dans ce vent.

Le jour suivant parut très long. Elles ne pouvaient espérer voir Papa arriver le matin, mais elles attendaient le moment où elles pourraient commencer à le guetter. Au cours de l'après-midi, elles se mirent à surveiller le chemin qui montait de la rivière. Jack le surveillait, lui aussi. Ayant demandé à sortir en gémissant, il fit un tour complet de l'étable et de la maison, s'arrêtant pour tourner la tête vers le fond de la vallée et pour découvrir les dents. Il manqua être arraché de terre par le vent.

Quand il rentra, il ne voulut pas se coucher. Il faisait les cent pas, l'air inquiet. Les poils se dressaient sur son échine, se couchaient, puis se dressaient encore. Il essaya de regarder par la fenêtre, puis il gémit pour qu'on lui ouvrît la porte. Mais quand Maman la lui ouvrit, il avait changé d'avis et refusa de sortir.

— Jack a peur de quelque chose, dit Marie.

— Jack n'a jamais peur de rien! la contredit Laura.

— Laura, Laura, la reprit Maman. Il n'est pas gentil de contredire les autres.

Moins d'une minute après, Jack se décida à sortir. Il alla voir si la vache, le veau et Bunny étaient bien en sécurité dans l'étable.

Laura eut bien envie de lancer à Marie :

— J'te l'avais bien dit !

Elle se retint, mais elle avait été tentée.

Quand vint l'heure des corvées, Maman empêcha Jack de sortir de la maison, afin qu'il n'obligeât pas M. Edwards à se percher. Papa n'était toujours pas là. M. Edwards entra, projeté en avant par une rafale. Il avait le souffle coupé et les membres engourdis par le froid. Il se chauffa au feu avant d'aller à l'étable, et quand il en revint, il s'assit près de la cheminée pour se réchauffer encore un peu.

Il annonça à Maman que les Indiens étaient venus camper à l'abri des berges. Il avait aperçu la fumée de leurs feux en traversant la vallée. Il demanda à Maman si elle avait un fusil.

Maman lui répondit qu'elle avait le pistolet de Papa.

— Je pense qu'ils resteront près de leur campement, par une nuit comme celle-là, observa M. Edwards.

— Moi aussi, lui répondit Maman.

M. Edwards lui dit alors qu'il pouvait très bien se faire un lit confortable dans le foin de l'étable, et qu'il y passerait la nuit, si Maman le désirait. Maman le remercia vivement de son offre, mais lui dit qu'elle ne voulait pas le déranger. Jack serait certainement une protection suffisante, pour elles.

— D'ailleurs, j'attends M. Ingalls d'un instant à l'autre, lui confia-t-elle.

M. Edwards enfila donc sa veste, mit son bonnet, son écharpe et ses mitaines, puis il reprit son fusil. Il lui dit qu'il ne pensait pas qu'il se passerait quoi que ce soit qui pût l'inquiéter.

— Moi non plus, répliqua Maman.

Quand elle referma la porte derrière lui, elle tira le cordon du loquet à l'intérieur, bien qu'il ne fît pas encore nuit. Laura et Marie distinguaient encore nettement le chemin de la rivière et elles le fixèrent jusqu'au moment où l'obscurité le leur dissimula. Maman ferma et barra alors le volet de bois de la fenêtre. Papa n'était pas arrivé.

Elles dînèrent, lavèrent la vaisselle, balayèrent le foyer. Il n'était toujours pas là. Dehors, dans la nuit où il se trouvait, le vent mugissait, râlait, hurlait. Il faisait vibrer le loquet, secouait les volets. Quand il s'engouffrait en miaulant dans la cheminée, le feu rugissait et se renflammait de plus belle.

Laura et Marie tendaient l'oreille pour surprendre le bruit des roues du chariot. Elles comprenaient que Maman, elle aussi, le guettait, même si elle berçait Carrie et lui chantait des chansons pour l'endormir.

Carrie céda au sommeil, mais Maman continua tout de même à la bercer doucement. Au bout de quelque temps, elle la déshabilla et la mit au lit. Laura et Marie, elles, ne voulaient pas aller se coucher.

— Il est l'heure d'aller au lit, mes petites filles ! dit Maman.

Laura lui demanda la permission de rester debout jusqu'à l'arrivée de Papa et Marie la réclama pour elle aussi. Maman finit par la leur accorder.

Elles attendirent longtemps, très longtemps. Marie bâilla, puis Laura bâilla, et elles bâillèrent enfin toutes les deux. Leurs yeux, toutefois, demeuraient grands ouverts. Les yeux de Laura voyaient les objets devenir géants puis rapetisser. Il lui arrivait de voir deux Marie à la fois et à d'autres moments de ne plus la voir du tout, mais elle était bien résolue à demeurer debout jusqu'au retour de Papa. Soudain, un terrible fracas l'effraya. Elle se rendit compte que Maman la relevait : elle était tombée de son banc.

Elle voulut dire à Maman qu'elle n'avait pas encore assez sommeil pour aller se coucher, mais un énorme bâillement lui fendit la bouche jusqu'aux oreilles.

Au cœur de la nuit, elle se redressa dans son lit. Maman était assise, immobile, dans le fauteuil à bascule près du feu. La clenche claquait, les volets tremblaient, le vent hurlait toujours. Marie avait les yeux ouverts et Jack marchait de long en large. Soudain, Laura perçut un hurlement sauvage, qui monta, retomba, puis s'éleva encore.

— Recouche-toi, Laura, et dors, lui demanda Maman, d'une voix douce.

— Qu'est-ce que c'est que ce hurlement? voulut savoir Laura.

— C'est le vent, qui hurle, expliqua Maman. Maintenant, obéis-moi, Laura.

Laura s'allongea, mais elle ne parvenait pas à fermer les yeux. Elle savait que Papa était dehors, dans la nuit, là où naissait ce hurlement terrifiant. Les Indiens s'étaient installés près des berges, dans la vallée, et Papa serait obligé de traverser la vallée dans l'obscurité. Jack gronda.

Puis Maman se mit à se balancer doucement dans son confortable fauteuil à bascule. La lumière du feu montait et descendait, montait et descendait le long du canon du pistolet de Papa, posé sur ses genoux.

Maman chantait d'une voix douce et mélodieuse :

Il est un pays heureux,
Loin, loin de nous,
Où tous les glorieux,
Sont radieux comme le jour.
Ah, je voudrais entendre les anges chanter,
Gloire à Toi, Seigneur, notre Roi...

Laura ne se rendit pas compte qu'elle s'endormait. Elle croyait que les anges rayonnants de lumière s'étaient mis à chanter avec Maman et qu'elle écoutait leurs voix célestes, quand soudain, ouvrant les yeux, elle découvrit Papa, debout auprès du feu.

Elle sauta hors de son lit en criant :

— Oh, Papa ! Papa !

Les bottes de Papa étaient couvertes de boue gelée, son nez, rouge de froid, et ses cheveux dressés en bataille sur sa tête. Il était tellement glacé que Laura sentit tout ce froid pénétrer à travers sa chemise de nuit, quand elle se pressa contre lui.

— Attends! lui enjoignit-il.

Il l'enveloppa dans le châle de Maman et c'est alors seulement qu'il la serra dans ses bras. Tout allait bien. La maison était agréable sous la lumière du feu. Une chaude odeur de café s'y répandait. Maman souriait, Papa était là.

Le châle était si grand que Marie put en enrouler l'autre moitié autour d'elle. Papa enleva ses bottes durcies et chauffa ses mains engourdies. Il s'assit sur le banc, prit Marie sur l'un de ses genoux, Laura sur l'autre, et il les attira toutes deux contre lui. Encore blotties dans le châle, elles présentaient au feu leurs pieds nus.

— Ah! soupira Papa. J'ai bien cru que je n'arriverais jamais jusqu'ici.

Maman chercha dans les provisions qu'il avait rapportées d'Independence et mesura du sucre roux à la cuiller dans l'une des timbales.

— Ton café va être prêt dans une minute, Charles, dit-elle.

— Il a plu entre ici et Independence, à l'aller, raconta Papa. Et au retour, la boue a gelé à tel point entre les rayons que les roues se sont retrouvées presque pleines. Il a fallu que je descende et que je les en débarrasse pour que les chevaux puissent tirer le chariot. Et il me semblait que nous venions à peine de repartir quand j'ai dû à nouveau descendre et recommencer. C'était tout ce que je pouvais faire pour encourager Pet et Patty à revenir contre ce vent. Elles sont si fatiguées qu'elles peuvent à peine marcher. Je n'ai jamais vu une telle bise. Elle coupe comme un couteau.

Le vent s'était levé quand il était en ville. Les gens, là-bas, lui avaient dit qu'il ferait mieux d'attendre que ça se calme, mais il était résolu à rentrer.

— Ce qui me dépasse, avoua-t-il, c'est la raison pour laquelle on appelle « norther », vent du nord, un vent qui vient en fait du sud, et comment un vent du sud peut être si diablement froid! Je n'en ai jamais rencontré de semblable. On peut dire qu'ici, dans ce pays, la pointe nord d'un vent du sud est bien la bise la plus froide dont j'aie jamais entendu parler.

Il but son café, essuya sa moustache avec son mouchoir et déclara :

— Ah, ça attaque le mal à la racine, Caroline! A présent, je sens que je commence à dégeler.

Puis il fit un clin d'œil à Maman et lui demanda d'ouvrir un paquet carré qui se trouvait sur la table.

— Fais attention, dit-il. Ne le fais pas tomber.

Maman s'arrêta de développer le paquet pour dire :

— Oh, Charles! Tu n'as pas fait ça!

— Ouvre-le, dit Papa.

Dans ce paquet, il y avait huit petits carreaux de verre à vitre. Leur maison aurait désormais des fenêtres vitrées. Aucun des carreaux n'était cassé. Papa les avait transportés sans dommage jusqu'à la maison. Maman secoua la tête et lui dit qu'il n'aurait pas dû dépenser autant d'argent, mais son visage était tout souriant et Papa lui-même riait de joie. Ils étaient tous très contents. Durant tout l'hiver, ils pourraient

regarder par les fenêtres autant qu'ils le voudraient et le soleil pourrait pénétrer dans la maison.

Papa expliqua qu'il avait pensé que Maman, Marie et Laura préféreraient des carreaux pour les fenêtres à tout autre cadeau. Il avait raison. Mais il ne leur avait pas rapporté que des vitres. Il y avait un petit sac en papier plein de sucre tout blanc. Maman l'ouvrit, puis Marie et Laura admirèrent la blancheur étincelante de ce beau sucre, avant d'en goûter un peu l'une et l'autre au bout d'une cuiller. Maman referma soigneusement le sucre. Ils pourraient offrir du sucre blanc les jours où on leur rendrait visite.

Ce qui était mieux que tout, c'est que Papa était revenu sain et sauf.

Laura et Marie retournèrent se coucher. Elles éprouvaient une sensation de bien-être. Tout allait bien quand Papa était là. Et maintenant, il avait des clous, de la farine de maïs, du petit salé, du sel, de tout. Il n'aurait pas besoin de retourner en ville avant très longtemps.

CHAPITRE 18

LE GRAND INDIEN

Après avoir hurlé et rugi durant trois jours entiers à travers les plaines, le vent était tombé. Le soleil était chaud et la brise était douce, à présent, mais il y avait tout de même dans l'air quelque chose qui annonçait l'automne.

Des Indiens arrivèrent à cheval sur le sentier qui passait tout près de la maison. Ils la longèrent sans paraître remarquer sa présence.

Ils étaient minces, bruns et nus. Ils montaient leurs petits chevaux sans selle, ni bride. Ils se tenaient très droit et ne regardaient ni à gauche,

ni à droite. Mais leurs yeux noirs brillaient.

Laura et Marie s'adossèrent à la maison pour les regarder passer. Elles virent leur peau cuivrée, qui contrastait vivement avec le bleu du ciel, les fils de couleur torsadés autour de leurs mèches de scalp et les plumes qui tremblaient au vent. Les visages des Indiens faisaient songer au bois brun-rouge dans lequel Papa avait sculpté une petite console pour Maman.

— Je croyais que cette piste était une vieille piste qu'ils n'empruntaient plus, dit Papa. Je n'aurais pas construit la maison si près, si j'avais su que c'était une grand-route.

Jack détestait les Indiens et Maman disait qu'elle ne le lui reprochait pas.

— Je vous assure! Les Indiens deviennent si nombreux, dans ces parages, que je ne peux plus lever les yeux sans en voir un s'avancer.

A peine avait-elle achevé sa phrase qu'elle leva les yeux pour découvrir devant elle un Indien. Il se tenait immobile dans l'embrasure de la porte, d'où il les observait, et ils n'avaient pas entendu le moindre bruit.

— Miséricorde! souffla Maman.

Sans un son, Jack bondit vers l'Indien. Papa le rattrapa juste à temps par le collier. L'Indien n'avait pas bougé. Il était demeuré tout aussi immobile que si Jack n'avait pas existé.

— Hao! dit-il à Papa.

Papa, tout en retenant Jack, lui répondit :

— Hao!

Il traîna Jack jusqu'au montant du lit et l'y attacha. Pendant qu'il s'y employait, l'Indien pénétra dans la maison et alla s'accroupir près du feu.

Papa s'en fut s'accroupir près de l'Indien, et ils demeurèrent ainsi, dans un silence amical, mais sans échanger un mot, en attendant que Maman eût achevé de faire cuire le déjeuner.

Laura et Marie étaient assises l'une contre l'autre, en silence, sur leur lit, dans un coin de la pièce. Elles ne détachaient pas leurs regards de l'Indien. Il conservait une immobilité telle que les belles plumes d'aigle de sa mèche de scalp ne bougeaient même pas. Sa poitrine nue et les muscles qui soutenaient ses côtes se soulevaient un peu sous l'effet de la respiration. Il portait des jambières de cuir ornées de franges et ses mocassins étaient couverts de perles.

Maman tendit à Papa et à l'Indien deux assiettes d'étain. Ils prirent leur déjeuner en silence. Papa offrit ensuite à l'Indien un peu de tabac pour sa pipe. Ils emplirent leurs pipes, allumèrent le tabac avec des tisons pris dans le feu, puis ils fumèrent en silence jusqu'à ce que leurs pipes fussent vides.

Pendant tout ce temps, aucun d'eux n'avait prononcé la moindre parole. A ce moment, l'Indien dit quelque chose à Papa. Papa hocha la tête, avant de répondre :

— Pas parler.

Ils demeurèrent encore un peu assis en silence. Puis l'Indien se leva et sortit silencieusement.

— Mon Dieu, miséricorde! soupira Maman.

Laura et Marie coururent à la fenêtre. Elles aperçurent l'Indien qui s'éloignait, le dos très droit, sur un petit cheval. En travers des genoux, il portait un fusil dont elles apercevaient les deux bouts, de part et d'autre de la selle.

Papa leur dit que cet Indien n'était pas n'importe qui. Il supposait, d'après la touffe du scalp, qu'il s'agissait d'un Osage.

— Si je ne me trompe pas, ajouta Papa, c'était en français qu'il parlait. Je regrette bien de ne pas avoir appris un peu de ce patois-là.

— Que les Indiens restent donc entre eux et faisons de même entre nous, s'écria Maman. Je n'aime pas avoir les Indiens dans les jambes, comme ça.

Papa lui dit qu'elle n'avait pas à s'inquiéter.

— Cet Indien était tout à fait amical, dit-il. Et les campements qu'ils occupent sur les rives sont bien paisibles. Si nous les traitons convenablement et si nous surveillons Jack, nous n'aurons aucun ennui.

Le lendemain matin, quand Papa ouvrit la porte pour se rendre à l'étable, Laura aperçut Jack au beau milieu de la piste indienne. Il s'était raidi, l'échine hérissée et montrait toutes ses dents. Devant lui, sur la piste, se tenait le grand Indien, perché sur son cheval.

L'Indien et le cheval conservaient une immobilité absolue. Jack leur faisait comprendre clairement qu'il bondirait s'ils bougeaient. Seules, les plumes d'aigle dressées dans la mèche de scalp de l'Indien s'agitaient et tournaient dans le vent.

Quand l'Indien aperçut Papa, il souleva son fusil et le pointa vers Jack.

Laura courut à la porte, mais Papa fut encore plus rapide qu'elle. Il se précipita entre Jack et le fusil, se baissa, saisit Jack par le collier. Il l'entraîna de force à l'écart et l'Indien reprit la piste.

Papa demeura sur place, les pieds écartés, les mains dans les poches, à regarder l'Indien s'éloigner sur la prairie.

— On peut dire que nous l'avons échappé belle! s'écria Papa. Enfin, c'est son chemin à lui. C'était une piste indienne bien avant notre venue.

Il fixa un anneau de fer à l'un des rondins de la maison et il y enchaîna Jack. Après cela, Jack demeura toujours enchaîné. Il l'était à la maison pendant la journée et il l'était la nuit, à la porte de l'étable, car les voleurs de chevaux étaient arrivés dans la région, à présent. Ils avaient volé les chevaux de M. Edwards.

Le fait d'être enchaîné rendait Jack de plus en plus hargneux, mais nul n'y pouvait rien. Il ne voulait pas admettre que ce chemin était la piste des Indiens. Il croyait qu'il appartenait à Papa. Et Laura comprenait qu'il se produirait quelque chose de terrible, si Jack blessait jamais un Indien.

L'hiver arrivait, maintenant. Les herbes avaient pris une couleur terne sous un ciel sans éclat. Les vents gémissaient comme s'ils avaient été en quête d'une chose qu'ils ne seraient pas parvenus à trouver. Les animaux sauvages avaient revêtu leur épaisse fourrure hivernale et Papa posait des pièges dans la vallée. Chaque matin, il les visitait, et chaque jour, il allait à la chasse. Comme il faisait maintenant un froid glacial, la nuit, il tuait des cerfs pour la viande. Il abattait les loups et les renards pour leurs peaux et il prenait des castors, des rats musqués et des martres dans ses trappes.

Il tendait les peaux à l'extérieur de la maison et les y clouait avec soin. Le soir, il assouplissait entre ses mains les peaux séchées avant de les ajouter au ballot qu'il s'était constitué dans un coin de la pièce. De jour en jour, ce ballot de fourrure s'arrondissait.

Laura aimait caresser l'épaisse fourrure des renards roux. Elle aimait bien aussi la douce fourrure brune des castors et la fourrure à poils longs des loups. Ce qu'elle préférait à tout, pourtant, c'était la fourrure soyeuse des martres. Papa mettait de côté toutes ces fourrures pour les échanger, le printemps venu, à Independence. Laura et Marie portaient des bonnets de peau de lapin, et Papa, un bonnet de rat musqué.

Un jour où Papa était à la chasse, deux

Indiens se présentèrent. Ils pénétrèrent dans la maison, parce que Jack était enchaîné.

Ces Indiens-là étaient sales, renfrognés et ils avaient l'air désagréable. Ils se comportèrent comme si la maison leur avait appartenu. L'un d'eux fouilla dans l'armoire de Maman et y prit tous les biscuits de maïs. L'autre s'empara de la blague à tabac de Papa. Ils examinèrent les crochets sur lesquels Papa posait d'habitude son fusil. Puis l'un d'eux se saisit du ballot de fourrures.

Maman avait pris Bébé Carrie dans ses bras.

Marie et Laura demeuraient auprès d'elle. Elles regardèrent l'Indien s'emparer des fourrures de Papa. Elles ne pouvaient rien faire pour l'en empêcher.

Il les emporta jusqu'au seuil. Là, l'autre Indien lui dit quelque chose. Ils échangèrent quelques sons gutturaux et le premier Indien laissa tomber les fourrures. Puis ils repartirent.

Maman s'assit. Elle serra Marie et Laura contre elle et Laura sentit battre le cœur de Maman.

— Eh bien, dit Maman, en souriant. Je suis tout de même heureuse qu'ils n'aient pas emporté la charrue et les semences.

Laura fut très étonnée.

— Mais quelle charrue? demanda-t-elle à Maman.

— Ce ballot de fourrures doit nous permettre d'acheter la charrue et toutes les semences de l'année prochaine, lui expliqua Maman.

Quand Papa revint à la maison, elles lui racontèrent ce qu'avaient fait les Indiens et son visage devint subitement grave. Il souligna cependant que tout était bien qui finissait bien.

Ce soir-là, une fois Marie et Laura couchées, Papa se mit à jouer du violon. Maman se balançait dans le fauteuil à bascule, Carrie serrée contre sa poitrine. Elle chanta d'une voix douce, accompagnée par le violon :

Au hasard errait, une jeune Indienne,
Belle Alfarata,
Au pays où coulent tes ondes lointaines,
Bleue Juniata.
Robustes et fidèles, ainsi sont mes flèches,
Au carquois orné,
Léger, vole au fil de la rivière,
Mon fin canoë.

Comme il est hardi, le vaillant guerrier
Qu'aime Alfarata.
Ses riantes plumes dansent avec fierté,
Au bord de la Juniata.
Pour moi, sa voix sait se faire douce et tendre,
Mais s'il lance son cri de guerre
C'est de cime en cime que l'on peut l'entendre,
Porté comme le tonnerre.

Tel était le chant de la jeune Indienne,
Belle Alfarata,
Au pays où roulent tes ondes lointaines,
Bleue Juniata.

Bien des ans depuis se sont envolés,
Comme la voix d'Alfarata,
Et toujours tes ondes courent souveraines,
Bleue Juniata.

La voix de Maman et le chant du violon moururent doucement.

Laura voulut alors savoir :

— Où s'est donc envolée la voix d'Alfarata, Maman?

— Miséricorde! s'étonna Maman. Tu ne dors pas encore?

— Je m'endors, promit Laura. Mais, s'il te plaît, dis-moi où s'est envolée la voix d'Alfarata?

— Oh, je suppose qu'elle est partie vers l'ouest, répondit Maman. C'est ce que font les Indiens.

— Pourquoi est-ce que les Indiens font ça, Maman? s'enquit Laura. Pourquoi est-ce qu'ils vont vers l'ouest?

— Ils doivent y aller, dit Maman.

— Pourquoi est-ce qu'ils doivent y aller?

— Le gouvernement les y oblige, Laura, intervint Papa. A présent, endors-toi.

Il se remit à jouer doucement du violon, un moment. Puis Laura reprit la parole :

— S'il te plaît, Papa, j'peux-t-y-t'poser une dernière question?

— Puis-je te poser, corrigea Maman.

Laura reposa sa question :

— Papa, s'il te plaît, puis-je...

— Qu'est-ce que tu veux savoir? lui demanda Papa.

Il était impoli pour les petites filles d'interrompre les autres, mais bien entendu, Papa, lui, pouvait se le permettre.

— Est-ce que le gouvernement va obliger ces Indiens-là à partir vers l'ouest ?

— Oui, répondit Papa. Quand les fermiers blancs s'installent dans une région, les Indiens doivent la quitter. Le gouvernement va contraindre ces Indiens à s'en aller plus loin dans l'ouest, très bientôt, maintenant. C'est pour cela que nous sommes ici, Laura. Les Blancs vont venir cultiver cette contrée et nous, nous aurons la meilleure terre, parce que nous serons arrivés ici les premiers et que nous aurons pu choisir. Tu comprends, maintenant ?

— Oui, Papa, répondit Laura. Mais, Papa, je croyais qu'ici, c'était le Territoire indien. Est-ce que les Indiens ne vont pas être furieux d'être obligés de...

— Fini, les questions, Laura, dit Papa, d'une voix ferme. Endors-toi.

CHAPITRE 19

M. EDWARDS RENCONTRE LE PÈRE NOËL

Les jours étaient courts et glacés, la bise, cinglante, mais il n'y avait pas de neige et seules s'abattaient des pluies froides. Jour après jour, une pluie battante tombait, fouettait le toit, se déversait à torrents des avancées.

Marie et Laura demeuraient près du feu. Elles cousaient les carrés de neuf pièces de leur courtepointe ou découpaient des poupées dans des petits morceaux de papier d'emballage, tout en écoutant le bruit liquide de la pluie. Le soir, il faisait si froid qu'elles s'attendaient à voir de la

neige le lendemain matin, mais au matin, elles n'apercevaient que la triste herbe mouillée.

Elles pressaient leur nez contre les carreaux des fenêtres que Papa avaient montées et elles étaient contentes de pouvoir regarder au-dehors. Mais elles auraient bien aimé voir de la neige.

Laura était inquiète, car Noël approchait. Le Père Noël et son traîneau tiré par les rennes ne pourraient circuler sans neige. Marie, elle, avait peur que le Père Noël ne pût les trouver, même s'il neigeait, tant elles habitaient loin, dans le Territoire indien. Quand elles interrogeaient Maman, celle-ci répondait qu'elle ne savait pas ce qui se passerait.

— Quel jour sommes-nous? demandaient-elles, soucieuses. Combien reste-t-il de jours, avant Noël?

Elles comptèrent les jours qu'il leur restait à attendre, jusqu'au moment où il n'y en eut plus qu'un.

La pluie tombait encore, ce matin-là. Le ciel était uniformément gris. Il n'y avait pas la moindre trouée. Elles étaient presque certaines de ne pas avoir de cadeaux de Noël. Pourtant, elles ne pouvaient s'empêcher d'espérer.

La lumière changea, juste avant midi. Les nuages se déchirèrent, puis se dispersèrent, s'illuminant d'un blanc éblouissant sur un fond de ciel clair et bleu. Le soleil parut, les oiseaux se mirent à chanter et des milliers de gouttes de pluie scintillèrent sur les brins d'herbe. Mais quand Maman ouvrit la porte pour laisser pénétrer l'air froid et pur, le grondement de la rivière en crue parvint à leurs oreilles.

Elles n'avaient pas songé à la rivière. A présent, elles savaient qu'elles n'auraient pas de cadeaux, parce que le Père Noël ne pourrait traverser cette rivière en colère.

Papa rentra, apportant une dinde grasse. Si on pouvait lui prouver que cette bête-là pesait moins de neuf kilos, disait-il, il était prêt à la manger, avec les plumes et tout.

Il s'adressa à Laura :

— Est-ce que ça te plaît, ça, pour ton déjeuner de Noël? Crois-tu que tu pourras avaler l'un de ces pilons à toi toute seule?

Elle lui répondit que oui, qu'elle le pourrait. Mais elle demeurait préoccupée. Marie demanda alors à Papa si la rivière descendait. Il lui répondit qu'elle continuait à monter.

Maman déclara que c'était bien dommage. Elle trouvait bien triste que M. Edwards dût se contenter de sa propre cuisine et de demeurer seul pour un jour de Noël. Ils avaient invité M. Edwards à venir partager leur déjeuner, le jour de Noël, mais Papa hocha la tête et dit qu'un homme risquerait sa vie, s'il tentait de traverser la rivière en un tel moment.

— Non, reprit-il. Le courant est trop violent. Il va falloir qu'on se résigne à ne pas voir Edwards ici, demain.

D'évidence, cela voulait dire que le Père Noël ne pourrait pas venir, lui non plus.

Laura et Marie s'efforcèrent de ne pas trop le regretter. Elles regardèrent Maman préparer la dinde. C'était vraiment une très grosse dinde. Elles avaient bien de la chance de pouvoir vivre dans une aussi bonne maison, d'avoir un bon feu bien chaud auprès duquel s'asseoir et une si belle dinde pour leur déjeuner de Noël. Maman le leur disait, mais c'était vrai. Maman disait aussi qu'il était bien regrettable que le Père Noël ne pût venir leur rendre visite cette année, mais qu'elles étaient de si gentilles petites filles qu'il ne les avait sans doute pas oubliées. Il viendrait sûrement les voir, ici, l'année prochaine.

Cela ne suffisait pas à les rendre heureuses.

Après le dîner, ce soir-là, elles se lavèrent la figure et les mains, boutonnèrent leurs chemises de nuit de flanelle rouge, puis dirent gravement leurs prières. Elles se glissèrent dans leur lit et remontèrent les couvertures sous leur menton. Elles n'avaient pas du tout l'impression d'être à la veille de Noël.

Papa et Maman demeuraient assis en silence au coin du feu. Au bout d'un moment, Maman demanda à Papa pourquoi il ne jouait pas du violon.

— On dirait que je n'ai pas le cœur à ça, Caroline, lui répondit-il.

Un peu plus tard, Maman se leva brusquement :

— Je vais accrocher vos bas, les petites filles, déclara-t-elle. Peut-être qu'il se passera quelque chose.

Le cœur de Laura bondit. Mais elle se souvint de la rivière et se dit que rien ne pourrait arriver.

Maman sortit l'un des bas propres de Marie et l'un de ceux de Laura. Elle les suspendit à la tablette de la cheminée, de part et d'autre du foyer. Laura et Marie la regardaient faire, le nez au-dessus de leurs couvertures.

— Dormez, à présent, dit Maman, en les embrassant pour leur souhaiter une bonne nuit.

Le matin viendra plus vite, si vous dormez.

Elle retourna s'asseoir auprès du feu et Laura faillit s'endormir. Elle s'éveilla à nouveau un petit peu plus tard pour entendre Papa reprocher :

— Tu n'as fait qu'aggraver les choses, Caroline.

Puis elle crut entendre Maman répondre :

— Non, Charles. Il y a toujours le sucre blanc.

Mais peut-être l'avait-elle rêvé.

Elle entendit ensuite Jack gronder avec fureur. On secouait le loquet et une voix criait :

— Ingalls! Ingalls!

Papa était en train de ranimer le feu. Quand il ouvrit la porte, Laura vit que c'était le matin. Dehors, il faisait gris.

— Grands dieux, Edwards! Entrez, mon vieux! Qu'est-ce qui vous est arrivé? s'exclama Papa.

Laura vit que les bas pendaient mollement et elle enfouit sa tête, les paupières bien closes, dans son oreiller. Elle entendit Papa mettre du bois sur le feu, puis M. Edwards expliquer qu'il avait porté ses vêtements sur sa tête pour traverser la rivière à la nage. Ses dents claquaient et il grelottait tout en parlant. Il irait très bien, assurait-il, dès qu'il serait réchauffé.

— C'était prendre un trop grand risque, Edwards, lui reprocha Papa. Nous sommes bien contents de vous voir là, mais c'était courir un trop grand risque pour un simple déjeuner de Noël.

— Il fallait bien que vos petites aient un Noël, répliqua M. Edwards. Aucune rivière n'aurait pu m'arrêter, après que je me fus rendu jusqu'à Independence pour leur chercher leurs cadeaux.

Laura s'assit d'un bond dans son lit.

— Avez-vous rencontré le Père Noël? hurla-t-elle.

— Bien sûr que oui, dit M. Edwards.

— Où? Quand? A quoi ressemblait-il? Que vous a-t-il dit? Est-ce qu'il vous a vraiment donné quelque chose pour nous? s'écrièrent Marie et Laura.

— Attendez, attendez une minute! protesta, en riant, M. Edwards.

Maman annonça qu'elle allait mettre les

cadeaux dans les bas, comme le Père Noël avait eu l'intention de le faire. Elle dit aussi que les petites filles ne devaient pas regarder.

M. Edwards vint s'asseoir sur le plancher près de leur lit et il répondit à toutes les questions qu'elles lui posèrent. Elles s'efforcèrent de ne pas regarder Maman et ne virent pas vraiment ce qu'elle faisait, d'ailleurs.

Quand il s'était aperçu que la rivière était en crue, racontait M. Edwards, il s'était bien douté que le Père Noël ne pourrait la traverser. (« Pourtant, vous, vous l'avez traversée », lui objecta Laura. « Oui, lui répondit M. Edwards, mais le Père Noël, lui, est trop vieux et trop gros. Il n'aurait pas pu le faire, alors qu'un grand échalas maigre comme moi y a réussi »). Alors, M. Edwards s'était dit que si le Père Noël ne pouvait traverser la rivière, il y avait de fortes chances pour qu'il ne descendît pas plus au sud que la ville d'Independence. Pourquoi est-ce qu'il aurait fait soixante-cinq kilomètres à travers la prairie, s'il lui avait fallu faire demi-tour? Bien sûr qu'il n'allait pas faire une chose pareille!

M. Edwards était donc allé à pied jusqu'à Independence. (« Sous cette pluie? » demanda Marie. M. Edwards expliqua qu'il avait pris son imperméable). Et voilà qu'en se promenant dans la rue d'Independence, il avait rencontré le Père

Noël. (« En plein jour? » s'étonna Laura. Elle n'aurait pas cru qu'on pût voir le Père Noël en plein jour. Non, précisait M. Edwards, à ce moment-là, il faisait nuit, mais la rue était éclairée par les lumières des *saloons*).

Enfin, les premiers mots du Père Noël avaient été : « Bonjour, Edwards! » (« Il vous connaissait? » voulut savoir Marie. Quant à Laura, elle demanda : « Et comment avez-vous su que c'était vraiment le Père Noël? » M. Edwards leur affirma que le Père Noël connaissait tout le monde. Et lui, il avait tout de suite reconnu le Père Noël à sa barbe. Le Père Noël avait la barbe la plus longue, la plus fournie et la plus blanche qu'on pût rencontrer à l'ouest du Mississipi).

Donc, le Père Noël lui avait dit : « Bonjour, Edwards! La dernière fois que je t'ai vu, tu dormais sur une paillasse de feuilles de maïs, au Tennessee. » Or, M. Edwards se souvenait très bien de la petite paire de mitaines de laine rouge que le Père Noël lui avait apportée cette fois-là.

Puis le Père Noël avait demandé : « Si j'ai bien compris, tu vis maintenant dans le sud, sur les bords de la rivière Verdigris. Aurais-tu jamais rencontré, là-bas en bas, deux petites filles qui s'appelleraient Marie et Laura? »

« Bien sûr que je les connais, avait répondu M. Edwards, ce sont mes voisines. »

« J'ai comme un poids sur la conscience à propos d'elles, avait poursuivi le Père Noël. Toutes deux sont de mignonnes, de jolies, de bonnes petites filles et je sais bien qu'elles attendent ma visite. Ça m'ennuie vraiment beaucoup de décevoir deux gentilles petites filles comme elles. Et pourtant, étant donné la manière dont l'eau a monté, je ne réussirai jamais à traverser cette rivière. Je n'arrive pas à imaginer comment je pourrais m'y prendre pour atteindre leur maison en rondins, cette année. Edwards, avait-il demandé, me rendrais-tu le service de leur apporter leurs cadeaux, pour une fois? »

« Je ferais ça avec grand plaisir », avait assuré M. Edwards.

Le Père Noël et M. Edwards avaient donc traversé la rue pour aller jusqu'au rail où était attachée sa mule de bât. (« Est-ce qu'il n'était pas venu avec ses rennes? » interrogea Laura. « Tu sais bien qu'il ne pouvait pas, riposta Marie. Il n'y avait pas de neige. » Précisément pour ça, confirma M. Edwards. Le Père Noël voyage avec une mule de bât, quand il est dans le sud-ouest).

Le Père Noël avait donc dessanglé son bagage. Il avait fouillé dedans et il en avait sorti les cadeaux qu'il destinait à Marie et à Laura.

— Oh, qu'est-ce que c'est? s'écria Laura.

Mais Marie demanda :

— Et alors, qu'est-ce qu'il a fait?

Alors, il avait serré la main de M. Edwards et il s'était mis en selle sur son beau cheval bai. Le Père Noël montait bien pour un homme de sa taille et de son poids. Puis il avait caché sa longue barbe blanche sous son foulard. « Au revoir, Edwards! » avait-il lancé, puis il était parti sur la piste de Fort Dodge en sifflant et en emmenant sa mule de bât derrière lui.

Laura et Marie demeurèrent silencieuses un instant. Elles réfléchissaient à tout ce qu'elles venaient d'entendre.

Puis la voix de Maman s'éleva :

— Vous pouvez regarder, à présent, les petites filles.

Un objet luisait tout en haut du bas de Laura. Laura poussa un cri aigu et sauta au bas de son lit. Marie fit de même, mais Laura arriva plus vite qu'elle près de la cheminée. L'objet luisant était une étincelante timbale toute neuve.

Marie avait exactement la même.

Ces timbales neuves seraient à elles toutes seules. A présent, chacune d'elles pourrait boire dans sa propre timbale. Laura sauta sur place, poussa des cris de joie et éclata de rire, mais Marie demeura immobile et contempla, les yeux brillants, sa timbale.

Elles plongèrent à nouveau les mains dans leurs bas. Elles en retirèrent deux longs, très longs bâtons de sucre d'orge. C'était du sucre d'orge à la menthe, rayé rouge et blanc. Elles contemplèrent longuement ce merveilleux sucre d'orge, puis Laura goûta le sien, en le léchant juste une fois.

Les bas n'étaient pas encore vides. Marie et Laura en sortirent deux tout petits paquets. Elles les développèrent et chacune d'elles découvrit un petit gâteau en forme de cœur. Leur délicate surface dorée était couverte de sucre blanc. Les petits grains scintillants ressemblaient à des petits cristaux de neige.

Ces gâteaux étaient trop jolis pour être mangés. Marie et Laura se contentèrent de les admirer. Enfin, Laura tourna le sien à l'envers et elle en enleva une minuscule petite bouchée par en dessous, là où ça ne se verrait pas. Et voilà que l'intérieur de ce petit gâteau était tout blanc !

Il avait été fait avec de la pure farine de froment et sucré avec du sucre blanc.

Laura et Marie n'auraient pas songé à regarder encore dans leurs bas. Les timbales, les gâteaux et les sucres d'orge leur paraissaient déjà presque trop. Elles étaient muettes de bonheur. Maman leur demanda alors si elles étaient bien certaines d'avoir vidé leurs bas.

Elles glissèrent un bras à l'intérieur pour s'en assurer. Et tout au bout de la pointe de chaque bas, elles trouvèrent un petit sou, tout neuf et tout brillant!

L'idée ne leur était jamais venue qu'elles pourraient un jour posséder une pièce d'un sou. Et dire que chacune d'elles avait tout un sou à elle toute seule. Et dire qu'elles avaient une timbale, un gâteau, un sucre d'orge et *en plus,* un sou.

Elles n'avaient jamais eu un aussi beau Noël.

Bien entendu, il aurait été gentil de la part de Laura et Marie d'aller remercier aussitôt M. Edwards, qui leur avait apporté ces jolis cadeaux de la lointaine ville d'Independence. Mais elles avaient complètement oublié M. Edwards. Elles avaient même oublié le Père Noël. Une minute encore et elles s'en seraient souvenu, mais avant que la mémoire ne leur en revienne, Maman leur dit doucement :

— Est-ce que vous n'allez pas dire merci à M. Edwards?

— Oh, si! Merci, M. Edwards! Merci! s'écrièrent-elles ensemble, et elles le pensaient du fond du cœur.

Papa serra la main de M. Edwards, puis il la lui serra encore une fois. Papa, Maman et M. Edwards avaient l'air d'être sur le point de pleurer. Comme Laura ne comprenait pas pourquoi, elle admira une fois de plus ses beaux cadeaux.

Elle leva à nouveau les yeux quand elle entendit Maman pousser une exclamation de surprise : M. Edwards sortait des patates douces de ses poches. Il expliqua qu'elles lui avaient permis de mieux équilibrer le paquet qu'il portait sur la tête, quand il avait traversé la rivière à la nage. Il avait pensé qu'elles feraient peut-être plaisir à Papa et à Maman pour accompagner la dinde de Noël.

Il y avait neuf patates douces. M. Edwards les avait aussi apportées de la ville, en dépit de la longue route. Cette fois, c'était trop. Papa le lui dit, d'ailleurs :

— C'est trop, Edwards.

Ils ne pourraient jamais assez le remercier.

Marie et Laura étaient beaucoup trop excitées pour pouvoir avaler un petit déjeuner. Elles burent du lait dans leurs timbales neuves, toutes brillantes, mais elles ne purent avaler ni le ragoût de lapin, ni la bouillie de maïs.

— Ne les force pas, Charles, demanda Maman. Ce sera bientôt l'heure de déjeuner.

Au menu du déjeuner de Noël, il y avait la tendre, la juteuse dinde rôtie. Il y avait aussi les patates douces, cuites sous la cendre, puis soigneusement essuyées pour qu'ils puissent même en manger les bonnes peaux. Il y avait un pain au levain, fait avec le reste de la farine blanche.

Outre tout cela, il y avait encore une compote de mûres séchées et des petits gâteaux. Mais ces petits gâteaux avaient été préparés avec du sucre roux et ils n'étaient pas saupoudrés de sucre blanc.

Papa, Maman et M. Edwards allèrent ensuite s'asseoir auprès du feu pour évoquer les Noëls qu'ils avaient connus au Tennessee, ou, plus au nord, dans les grands bois. Mais Marie et Laura contemplèrent leurs beaux petits gâteaux, jouèrent avec leurs sous et burent de l'eau dans leurs timbales toutes neuves. Puis, peu à peu, elles léchèrent et sucèrent leurs sucres d'orge, jusqu'au moment où chacun des bâtons fut tout pointu du bout.

Cela avait été un joyeux Noël.

CHAPITRE 20

UN CRI DANS LA NUIT

Les jours étaient courts et gris, les nuits, très noires et très froides. Les nuages descendaient fort bas au-dessus de la petite maison et s'étiraient loin sur la morne prairie. Il pleuvait et parfois le vent apportait de la neige. De durs petits cristaux de neige tourbillonnaient dans l'air et filaient au-dessus des malheureuses graminées, qui courbaient le dos. Au matin, la neige avait disparu.

Papa allait chasser et visiter ses pièges tous les jours. Dans la maison confortable, éclairée par le feu, Marie et Laura aidaient Maman dans son travail. Puis elles cousaient des carrés de courtepointe. Elles apprenaient des comptines à Carrie, jouaient à « Il court, il court le furet », avec un dé à coudre, ou encore à « La balançoire » et aux jeux d'adresse, à l'aide d'un morceau de ficelle, tendu entre les doigts. Enfin, elles jouaient au jeu du « Haricot chaud ». Elles se faisaient face, puis battaient des mains avant de se taper mutuellement dans les paumes ouvertes. Elles marquaient la mesure, tout en chantonnant :

Le Haricot chaud,
Le Haricot froid,
Le Haricot dans la marmite,
Depuis neuf jours déjà.
Certains l'aiment chaud,
Certains l'aiment froid,
Certains l'aiment dans la marmite,
Depuis neuf jours déjà.

Moi, je l'aime chaud,
Moi, je l'aime froid,
Moi, je l'aime dans la marmite,
Depuis neuf jours déjà.

C'était vrai. Aucun dîner n'était aussi délicieux qu'un solide plat de haricots, parfumé d'un morceau de petit salé. Maman le servait à la louche dans les assiettes d'étain les jours où Papa rentrait glacé et fatigué de la chasse. Laura l'aimait chaud et elle l'aimait froid. Elle le trouvait toujours aussi bon tout le temps où on le lui servait. Mais il ne durait jamais vraiment neuf jours. Ils avaient tout mangé bien avant ça.

Durant toute cette période, le vent soufflait, sifflait, appelait, gémissait, hurlait ou sanglotait lugubrement. Ils s'étaient habitués à vivre avec le vent. Tout le jour, ils l'entendaient, et la nuit, au fond même de leur sommeil, ils se rendaient compte quand il soufflait. Mais une nuit, ils furent tous réveillés en sursaut par un cri perçant qui les terrifia.

Papa se leva d'un bond. Maman lui demanda :

— Charles ! Qu'est-ce que c'était ?

— C'est une femme qui hurle, répondit Papa, tout en s'habillant à toute vitesse. On dirait que ça venait de chez les Scott.

— Oh ! Qu'est-ce qui a bien pu se passer ! s'exclama Maman.

Papa était en train d'enfiler ses bottes. Il y glissa un pied, puis il passa les doigts dans les boucles des tirants, tout en haut de la longue tige. Il tira alors d'un coup sec, frappa fort du talon sur le plancher et cette botte se trouva mise.

— Peut-être que Scott est malade, dit-il, en enfilant la seconde botte.

— Tu ne penses pas que...? demanda Maman, à voix basse.

— Mais non, voyons, protesta Papa. Je te répète qu'ils ne causeront aucun ennui. Ils sont tout à fait tranquilles et vivent paisiblement dans ces camps des berges.

Laura voulut sortir de son lit, mais Maman intervint :

— Recouche-toi et ne bouge pas, Laura.

Laura s'allongea donc.

Papa prit sa chaude veste écossaise, son bonnet de fourrure et son écharpe. Il alluma la chandelle de la lanterne, décrocha son fusil et se dépêcha de sortir.

Comme il refermait la porte derrière lui, Laura se rendit compte de l'obscurité qui régnait au-dehors. Il faisait noir comme dans un four. Il n'y avait pas la moindre étoile au ciel. Laura n'avait encore jamais vu une obscurité aussi complète.

— Maman? appela-t-elle.

— Qu'y a-t-il, Laura?

— Pourquoi fait-il si noir?

— On va avoir une tempête, lui répondit Maman.

Elle tira le cordon à l'intérieur et mit du bois dans le feu, puis elle se recoucha.

— Il faut dormir, Marie et Laura, ordonna-t-elle.

Mais Maman ne s'endormit pas. Marie et Laura non plus. Elles demeurèrent couchées, les yeux grands ouverts, tendant l'oreille. Elles n'entendirent que le vent.

Marie se fourra la tête sous la courtepointe, tout en murmurant à Laura :

— Je voudrais bien que Papa soit revenu.

Laura, appuyée sur son oreiller, fit oui de la tête, mais elle ne put articuler un mot. Il lui semblait voir Papa suivre à grands pas le bord du plateau, le long du sentier qui menait à la maison de M. Scott. De minces rayons de lumière vive dansaient ici et là, issus des parois perforées de la lanterne d'étain. Les faibles lueurs mouvantes paraissaient perdues dans cette nuit d'encre.

Au bout d'un long moment, Laura murmura :

— Ça doit presque être le matin.

Marie hocha la tête. Durant tout ce temps, elles étaient demeurées là, couchées, à écouter le vent, et Papa n'était toujours pas rentré.

Alors, plus aigu que la plainte du vent, elles entendirent à nouveau résonner ce cri glaçant. Il paraissait s'élever tout près de la maison.

Laura hurla à son tour et sauta en bas de son lit. Marie plongea sous les couvertures. Maman se leva et commença à se vêtir en hâte. Elle déposa un autre morceau de bois sur le feu et dit à Laura de se recoucher. Mais Laura la supplia de la laisser rester debout. Maman le lui permit.

— Enveloppe-toi dans le châle, lui dit Maman.

Elles demeurèrent près du feu pour écouter. Seul leur parvenait le bruit du vent. Elles ne pouvaient rien faire, mais au moins elles n'étaient pas couchées au fond de leur lit.

Brusquement, des poings martelèrent la porte et Papa cria :

— Ouvre-moi ! Vite, Caroline !

Maman ouvrit la porte et Papa la claqua vivement derrière lui. Il était hors d'haleine. Il repoussa son bonnet en arrière et déclara :

— Ouf ! J'en ai encore froid dans le dos.

— Qu'est-ce que c'était, Charles ? dit Maman.

— Un puma, répondit Papa.

Il était allé aussi vite qu'il l'avait pu chez M. Scott. Une fois là-bas, il avait trouvé la

maison plongée dans le noir. Tout y était silencieux. Papa en avait fait le tour, tendu l'oreille, éclairé les parages avec sa lanterne. Il n'avait pu relever le moindre signe inquiétant. Il s'était senti tout bête à la pensée de s'être levé au beau milieu de la nuit et d'avoir fait cinq kilomètres à pied, tout ça, simplement pour avoir entendu le vent hurler.

Il avait préféré ne pas en parler à M. et Mme Scott, aussi ne les avait-il pas réveillés. Il était rentré aussi vite que possible, car le vent cinglait. Il se hâtait sur la partie du sentier qui longeait l'à-pic du plateau, quand tout à coup il avait entendu le cri s'élever juste sous ses pieds.

— Je t'avoue que mes cheveux se sont tellement dressés sur ma tête que mon bonnet en a été soulevé, confia-t-il à Laura. J'ai détalé vers la maison comme un lièvre.

— Où était-il, ce puma, Papa? lui demanda-t-elle.

— Dans une cime d'arbre, dit Papa. Tout en haut du grand peuplier qui pousse contre le versant du plateau, à cet endroit-là.

— Papa, est-ce qu'il t'a suivi? reprit-elle.

— Je n'en sais rien, Laura, reconnut-il.

— Enfin, tu es en sécurité, maintenant, Charles, dit Maman.

— Oui, j'en suis bien content. C'est une nuit trop noire pour s'y promener avec des pumas, affirma Papa. Dis-moi, Laura, sais-tu où se trouve mon tire-bottes?

Laura le lui apporta. Le tire-bottes était une planchette de chêne présentant une entaille à un bout et un tasseau en travers, au milieu. Laura déposa la planchette sur le sol, le tasseau tourné vers le bas. Le tasseau soulevait l'extrémité entaillée. Papa posa alors un pied sur la planchette, inséra l'autre pied dans l'entaille et l'entaille retint la botte par le talon, pendant que Papa en sortait le pied. Puis il enleva la seconde botte de la même manière. Ces bottes étaient très ajustées, mais elles ne résistaient pas à ce traitement.

Laura observa Papa durant toute l'opération, puis elle l'interrogea :

— Est-ce qu'un puma pourrait emporter une petite fille, Papa ?

— Oui, répondit Papa. Et il pourrait très bien la tuer et la manger aussi. Marie et toi vous resterez dans la maison jusqu'à ce que j'aie abattu ce puma. Dès que le jour se lèvera, je prendrai mon fusil et j'irai à sa recherche.

Toute la journée du lendemain, Papa poursuivit le puma. Et il continua le surlendemain, puis le jour d'après. Il découvrit les traces du puma, la peau et les os d'un pronghorn que le puma

avait mangé, mais il ne trouva nulle part le puma lui-même. Le puma se déplaçait rapidement de cime d'arbre en cime d'arbre et il ne laissait pas de piste.

Papa déclarait qu'il ne s'arrêterait pas de le chercher avant de l'avoir tué.

— Nous ne pouvons pas laisser les pumas se promener dans un endroit où il y a des petites filles.

Pourtant, s'il ne tua pas le puma, il renonça à le pourchasser. Un jour, dans les bois, il rencontra un Indien. Ils étaient tous deux dans les bois humides et froids, ils se regardaient mais ne pouvaient se parler, car chacun d'eux ignorait la langue de l'autre. L'Indien, pourtant, montra à Papa les traces du puma, puis il fit une série de gestes avec son fusil pour lui faire comprendre qu'il l'avait tué. Il indiqua la cime des arbres, puis le sol, pour expliquer qu'il l'avait abattu du haut d'un arbre. Puis il pointa le doigt vers le ciel, vers l'ouest, puis vers l'est, pour indiquer qu'il l'avait tué la veille.

Ainsi, tout était bien. Le puma était mort.

Laura demanda à Papa si le puma aurait également pu enlever une petite papoose, la tuer et la manger. Il lui répondit que le puma en aurait été très capable. C'était sans doute la raison pour laquelle l'Indien avait abattu le puma.

CHAPITRE 21

LA GRANDE RÉUNION DES INDIENS

L'hiver s'acheva enfin. La voix du vent prit des accents plus doux et le froid coupant disparut. Un jour, Papa raconta qu'il avait vu une bande d'oies sauvages qui volait vers le nord. Le temps était venu, pour lui, de porter ses fourrures à Independence.

Maman se récria :

— Les Indiens sont si près !

— Ils sont tout à fait amicaux, rétorqua Papa.

Il rencontrait souvent des Indiens dans les

bois où il allait chasser. Il n'y avait rien à craindre des Indiens.

— Non, reconnut Maman.

Laura savait pourtant que Maman redoutait les Indiens.

— Il faut que tu partes, Charles, poursuivit Maman. Nous avons besoin d'une charrue et de semences. D'ailleurs, tu seras vite de retour.

A la pointe du jour, le lendemain, Papa attela Pet et Patty au chariot, chargea ses fourrures et s'en fut.

Laura et Marie comptèrent les longues journées vides. Une, deux, trois, quatre, et Papa n'était toujours pas revenu. Au matin du cinquième jour, elles commencèrent sérieusement à le guetter.

C'était une belle journée ensoleillée. Le vent était encore un peu frais, mais il sentait le printemps. L'immense ciel bleu résonnait des coin-coin des canards sauvages et des gah-gah-gah ininterrompus des oies sauvages. Leurs longues files ponctuées de noir volaient toutes vers le nord.

Laura et Marie jouaient dehors pour profiter de ce beau temps, comme les oiseaux migrateurs. Et le pauvre Jack poussait des soupirs en les observant. Il ne pouvait plus ni courir, ni jouer, depuis qu'il était enchaîné. Laura et Marie s'efforçaient de le consoler, mais il ne voulait pas de caresse. Il voulait être libre à nouveau, comme il l'avait été.

Papa ne reparut pas ce matin-là. Il ne revint pas dans l'après-midi. Maman disait qu'il lui avait sans doute fallu longtemps pour échanger ses fourrures.

Au cours de l'après-midi. Laura et Marie décidèrent de jouer à la marelle. Elles dessinèrent les cases dans le sol boueux de la cour avec un bâton. Marie n'avait pas vraiment envie de sauter à cloche-pied ; elle avait presque huit ans et ne trouvait pas que la marelle fût un jeu digne d'une grande fille. Mais Laura l'avait harcelée, l'avait suppliée, puis lui avait fait remarquer qu'en restant dehors, elles apercevraient certainement Papa dès l'instant où il sortirait de la vallée. Marie avait donc consenti à jouer.

Tout à coup, elle s'arrêta, perchée sur un pied, pour demander :

— Qu'est-ce que c'est que ça ?

Laura avait déjà entendu le bruit bizarre auquel Marie faisait allusion et elle prêtait l'oreille.

— Ce sont les Indiens, répondit-elle.

Marie laissa retomber son second pied et demeura figée sur place. Elle était effrayée. Laura n'avait pas vraiment peur, mais ce bruit lui faisait une drôle d'impression. Il était produit par un grand nombre d'Indiens, dont on aurait dit qu'ils fendaient l'air de leurs voix. Cela rappelait un peu le bruit d'une hache fendant du bois, un peu l'aboiement du chien et un peu aussi un chant, bien que cela ne ressemblât à aucun chant que Laura connût. C'était un bruit sauvage et âpre, mais qui ne paraissait pas provenir de gens en colère.

Laura s'efforçait de mieux l'analyser. Elle ne parvenait pas à l'entendre très nettement, car les collines, les arbres et le vent s'interposaient entre elle et lui. En outre, Jack grondait avec rage.

Maman sortit et écouta un instant. Elle ordonna à Marie et à Laura de rentrer dans la maison. Maman fit rentrer Jack aussi avant de tirer le cordon à l'intérieur.

Elles ne jouèrent plus. Elles regardèrent par la fenêtre et ne prêtèrent attention qu'à ce bruit. Il était plus difficile à saisir, à l'intérieur de la maison. Parfois, il ne leur parvenait plus, et parfois, elles l'entendaient à nouveau. Il n'avait pas cessé.

Maman et Laura s'occupèrent des bêtes plus tôt que de coutume, ce soir-là. Elles enfermèrent Bunny, la vache et le veau dans l'étable, puis elles rapportèrent le lait à la maison. Maman le passa et le mit de côté. Elle tira un seau d'eau fraîche du puits, tandis que Laura et Marie allaient chercher du bois. Pendant tout ce temps, le bruit se poursuivait. Il était plus fort, à présent, et le rythme s'en était accéléré. Il faisait battre le cœur de Laura plus vite.

Elles rentrèrent toutes dans la maison et Maman barra la porte. Le cordon était déjà tiré. Elles ne sortiraient plus avant le matin.

Le soleil se coucha lentement. Tout l'horizon se teinta de rose. La lueur du feu se mit à danser dans la maison que gagnait l'obscurité et Maman commença la préparation du souper, tandis que Laura et Marie regardaient en silence par la fenêtre. Elles virent toutes les couleurs s'affadir. La terre fut bientôt plongée dans l'ombre, tandis que le ciel prenait un ton gris clair. Le bruit ne cessait de monter de la vallée, de plus en plus sonore, sur un rythme de plus en plus rapide.

Quel cri poussa Laura quand elle entendit le chariot ! Elle courut jusqu'à la porte et se mit à sauter sur place, mais elle ne parvint pas à enlever la barre. Maman ne lui permit pas de quitter la maison, mais sortit elle-même pour aider Papa à rentrer ses paquets.

Il entra les bras chargés dans la pièce. Laura et Marie se pendirent à ses manches et lui sautèrent sur les pieds. Papa partit à rire de son grand rire joyeux :

— Holà ! Hé ! Ne me renversez pas ! dit-il. Pour qui me prenez-vous ? Un arbre pour grimper ?

Il déposa les paquets sur la table, serra Laura sur son cœur, l'expédia en l'air et la serra à nouveau contre lui. Puis il serra tendrement Marie contre lui avec son autre bras.

— Écoute, Papa, lui dit Laura. Écoute les Indiens. Pourquoi est-ce qu'ils font ce drôle de bruit ?

— Oh, ils ont une sorte de grande réunion des tribus, dit Papa. Je les ai entendus quand je traversais la vallée.

Il sortit pour dételer les chevaux et chercher la fin de ses paquets. Il avait acheté la charrue. Il l'avait laissée dans l'étable, mais il avait apporté toutes les semences dans la maison pour plus de sûreté. Il avait du sucre. Pas du sucre blanc,

mais du roux, cette fois. Le sucre blanc coûtait trop cher. Il avait pris un peu de farine blanche, toutefois. Il y avait de la farine de maïs, du sel, du café et toutes les semences dont ils auraient besoin. Papa avait même acheté des pommes de terre de semence. Laura aurait bien aimé pouvoir les manger, mais il fallait les réserver pour les planter.

Le visage de Papa s'éclaira alors d'un sourire et il ouvrit un petit sac. Il était plein de gâteaux secs. Il le plaça sur la table, puis il développa un bocal plein de petits cornichons au vinaigre, qu'il déposa à côté.

— J'ai pensé que nous pourrions tous nous régaler un peu, dit-il.

Laura sentit l'eau lui monter à la bouche et les yeux de Maman brillèrent doucement, quand elle jeta un regard à Papa. Il s'était souvenu à quel point les conserves au vinaigre lui manquaient.

Ce n'était pas tout. Il tendit à Maman un paquet et la regarda le développer. Il contenait une jolie pièce d'indienne pour qu'elle se fasse une robe.

— Oh, Charles, tu n'aurais pas dû! C'est trop! s'écria-t-elle.

Mais son visage et celui de Papa rayonnaient de joie.

Il alla alors accrocher son bonnet et sa veste

écossaise. Il jeta, au passage, un regard en coulisse à Laura et à Marie, mais ce fut tout. Il s'assit et allongea ses jambes devant le feu.

Marie s'assit à son tour et joignit les mains sur ses genoux. Laura, elle, se percha sur le genou de Papa et lui martela la poitrine de ses poings.

— Où l'as-tu mis? Où l'as-tu mis? Qu'as-tu fait de mon cadeau? demanda-t-elle, sans cesser de le frapper.

Papa partit de son grand rire qui rappelait une volée de cloches, puis il lui dit :

— Tiens, c'est vrai! Je crois bien qu'il y a quelque chose dans la poche de ma vareuse.

Il sortit un paquet d'une forme singulière et très, très lentement, il l'ouvrit.

— Toi, d'abord, Marie, dit-il, puisque tu es si raisonnable, et il lui tendit un bandeau pour ses cheveux. Et voilà, panier percé, ça, c'est pour toi, dit-il à Laura.

Les deux bandeaux avaient strictement la même forme. Le caoutchouc noir dont ils étaient fait avait été courbé pour bien s'ajuster sur la tête des petites filles. Une pièce plate de caoutchouc noir comportant des fentes incurvées avait été glissée jusqu'au centre du bandeau. Au cœur même de cette pièce, on avait évidé une petite étoile à cinq branches, qui révélait la couleur vive d'un ruban tendu au-dessous.

Le ruban du bandeau de Marie était bleu; celui de Laura était rouge.

Maman lissa leurs cheveux et y glissa les bandeaux. Et là, dans les cheveux blonds de Marie, un peu en arrière du milieu de son front, brillait une petite étoile bleue. Et dans les cheveux bruns de Laura, un peu en arrière du milieu de son front, brillait une petite étoile rouge.

Laura regarda l'étoile de Marie et Marie regarda celle de Laura et elles rirent de contentement. Elles n'avaient jamais rien possédé d'aussi joli.

Maman protesta :

— Comment, Charles, mais tu ne t'es rien rapporté du tout!

— Oh, je me suis offert une charrue, dit Papa. Le temps se réchauffera bientôt et je pourrai labourer.

Ce fut le dîner le plus joyeux qu'ils eussent partagé depuis longtemps. Papa était bien rentré à la maison. Le porc salé à la poêle était très bon, après tant de mois où ils n'avaient eu que des canards, des oies, des dindes et autres pièces de gibier. Et rien ne leur parut si délicieux que ces gâteaux salés, accompagnés de cornichons.

Papa leur raconta ce qu'il avait rapporté comme semences. Il avait acheté des graines de navets, de carottes, d'oignons et de choux. Il avait pris des pois et des haricots. Et aussi du maïs, du blé, du tabac et des pommes de terre de semence. Enfin, il rapportait des graines de pastèque. Il déclara à Maman :

— Laisse-moi te dire, Caroline, que quand nous commencerons à récolter ce que nous aurons planté dans cette terre riche qui est la nôtre, nous vivrons comme des rois !

Ils avaient presque oublié le vacarme du camp des Indiens. Les volets étaient fermés, à présent, et le vent se plaignait dans la cheminée ou gémissait autour de la maison. Ils étaient si habitués au vent qu'ils ne lui prêtaient plus attention. Mais dès que le vent se taisait un instant, Laura percevait à nouveau ce chant sauvage, aigu, au rythme rapide, qui montait des camps indiens.

Papa dit alors une chose à Maman qui incita Laura à s'immobiliser tout à fait pour bien l'écouter. Il lui raconta que les gens rencontrés à Independence prétendaient que le gouvernement allait chasser les colons blancs, venus se fixer dans le Territoire indien. Il lui apprit aussi que les Indiens avaient porté plainte et qu'ils avaient reçu cette réponse-là de Washington.

— Oh, Charles, non ! s'écria Maman. Pas après tout ce que nous avons fait !

Papa la rassura en lui disant que lui-même n'y croyait pas.

— Ils ont toujours laissé les pionniers garder la terre. Ils déplaceront les Indiens encore une fois. Est-ce qu'on ne m'a pas rapporté directement de Washington que cette région allait être incessamment ouverte aux colons?

— Je voudrais bien que ceux-ci l'occupent et qu'on n'en parle plus, avoua Maman.

Une fois couchée, Laura demeura longtemps éveillée, de même que Marie. Papa et Maman s'étaient assis près du feu et lisaient à la lumière de la chandelle. Papa avait acheté un journal du Kansas et il en faisait la lecture à Maman. Le journal prouvait que Papa avait raison : le gouvernement ne ferait rien contre les colons blancs.

Chaque fois que la voix du vent s'apaisait, Laura entendait faiblement le bruit de cette grande réunion sauvage des tribus, qui se tenait au camp indien. Il lui semblait parfois percevoir ces farouches cris de joie, en dépit des hurlements du vent. Plus vite, plus vite, toujours plus vite : ils lui faisaient battre le cœur. « Haé! Haé! Haé-yaé! Hah! Haé! Hah! »

CHAPITRE 22

FEU DE PRAIRIE

Le printemps était là. Les vents chauds étaient chargés d'odeurs plaisantes et tout, dehors, était plus grand, plus coloré, plus doux. De grands nuages d'un blanc étincelant flottaient très haut dans le ciel clair. Leurs ombres couraient sur la prairie. Ces ombres étaient légères et brunes, tandis que tout le reste de la prairie avait encore les teintes pâles et fades des herbes sèches.

Papa retournait pour la première fois les mottes de la prairie, aidé de Pet et de Patty qu'il avait attelées à la charrue. La terre superficielle

n'était qu'un épais matelas de racines de graminées enchevêtrées. Pet et Patty tiraient lentement de toutes leurs forces et le soc tranchant de la charrue retournait progressivement une longue bande ininterrompue de cette terre.

L'herbe morte était si haute et si drue qu'elle retenait la terre superficielle. Aux endroits où Papa avait déjà tracé des sillons, il n'avait pas un vrai labour. Les longues bandes de terre hérissées de racines se trouvaient révélées pardessus d'autres bandes d'herbe, car l'herbe persistait entre elles.

Papa, Pet et Patty continuaient à travailler. Papa expliquait que les pommes de terre et le maïs réussiraient à pousser cette année et que l'année suivante, les racines et les graminées mortes seraient pourries. Au bout de deux ou trois ans, il aurait des champs bien labourés. Papa aimait cette terre, parce qu'elle était très riche et qu'elle ne contenait ni arbres, ni souches, ni pierres.

Un grand nombre d'Indiens chevauchait à présent le long de la piste. On voyait des Indiens partout. Leurs fusils réveillaient les échos de la vallée où ils chassaient. Nul ne savait combien d'Indiens se cachaient dans la Haute Prairie, qui paraissait si plane et qui ne l'était pas. Souvent, Laura découvrait un Indien là où elle n'en avait pas vu un instant auparavant.

Les Indiens venaient fréquemment à la maison. Certains étaient amicaux, d'autres, insolents et irritables. Tous voulaient de la nourriture et du tabac. Maman leur donnait ce qu'ils demandaient, parce qu'elle avait peur des conséquences, si elle refusait. Quand un Indien montrait du doigt quelque chose et grognait, Maman lui offrait cette chose. Mais la plus grande partie des provisions demeurait cachée et enfermée sous clé.

Jack était constamment hargneux, même avec Laura. On ne le détachait jamais, et pendant tout ce temps, il demeurait couché, plein de haine pour les Indiens. Laura et Marie s'étaient tout à fait habituées à leur présence, maintenant. Les Indiens ne les surprenaient plus du tout. Mais elles se sentaient toujours plus en sécurité quand elles se trouvaient près de Papa ou de Jack.

Un jour, elles étaient en train d'aider Maman à préparer le déjeuner. Bébé Carrie jouait sur le plancher au soleil. Tout à coup, le soleil disparut.

— Je crois bien que nous allons avoir un orage, dit Maman, en jetant un coup d'œil dehors.

Laura regarda à son tour et vit de grands nuages noirs, qui montaient du sud en tourbillonnant et masquaient le soleil.

Pet et Patty arrivaient en courant du champ et Papa, cramponné à la lourde charrue, avançait à grandes enjambées derrière elles.

— Un feu de prairie! cria-t-il. Remplissez le baquet d'eau! Mettez des sacs dedans! Dépêchez-vous!

Maman se précipita vers le puits. Laura courut derrière elle en traînant le baquet. Papa attacha Pet à la maison. Il alla chercher la vache et le veau au piquet et les enferma dans l'étable. Il attrapa Bunny et l'attacha à l'angle nord de la maison. Maman tirait des seaux d'eau aussi vite qu'elle le pouvait. Laura se hâta d'aller chercher les sacs que Papa avait jetés hors de l'étable.

Papa labourait, en criant des ordres à Pet et à Patty pour les faire se hâter. Le ciel était noir, à présent, et il faisait aussi sombre qu'après le coucher du soleil. Papa creusait un long sillon à l'ouest de la maison, puis au sud, avant de se diriger vers l'est. Des lapins passaient près de lui en bondissant, comme s'il n'avait pas existé.

Pet et Patty revinrent au galop. La charrue et Papa sautaient derrière elles. Papa les attacha à l'autre angle, du côté nord de la maison. Le baquet était plein d'eau. Laura aidait Maman à pousser les sacs au fond de l'eau, pour bien les imprégner.

— Je n'ai pu tracer qu'un seul sillon. Je n'ai pas le temps d'en faire plus, dit Papa. Dépêchons-nous, Caroline. Ce feu avance plus vite qu'un cheval au galop.

Un gros lapin franchit d'un bond le baquet, au moment même où Papa et Maman le soulevaient. Maman ordonna à Laura de rester à la maison. Papa et Maman, zigzaguant sous le poids du baquet, se hâtaient vers le sillon.

Laura demeura près de la maison. Elle voyait les flammes rouges progresser sous les lourds nuages de fumée. D'autres lapins passaient en sautant. Ils ne prêtaient aucune attention à Jack et lui-même semblait ne pas les remarquer. Il fixait les flammes rouges au-dessous des volutes de fumée, puis frissonnait et pleurait, tout en se rapprochant de Laura.

Le vent, qui se levait, poussait des clameurs stridentes. Des milliers d'oiseaux prenaient leur vol, des milliers de lapins couraient, pour fuir le feu.

Papa suivait le sillon et mettait le feu à l'herbe située du côté de la prairie. Maman le suivait avec un sac humide pour étouffer les flammes qui tentaient de franchir le sillon. La prairie tout

entière était couverte de lapins bondissants. Des serpents traversaient la cour en ondulant. Les poules des prairies couraient silencieusement, le cou tendu, les ailes déployées. Les cris des oiseaux perçaient, en dépit des hurlements du vent.

Le petit feu allumé par Papa brûlait tout autour de la maison, à présent, et Papa aidait Maman à le combattre avec des sacs humides. Le feu brûlait de façon désordonnée, se nourrissant d'herbe sèche, restée à l'intérieur du sillon. Papa et Maman abattaient les flammèches à l'aide des sacs, ou, quand elles passaient à l'intérieur du sillon, ils les écrasaient du pied. Ils

couraient en tous sens dans la fumée pour limiter ce petit feu.

A présent, le grand feu de prairie ronflait et rugissait de plus en plus fort sous l'effet du vent violent. Le rideau de grandes flammes approchait en grondant, augmentait brusquement d'intensité, se tordait vers le ciel. Des flammèches s'envolaient, puis, portées par le vent, venaient s'abattre sur le sol où elles embrasaient les herbes très en avant du mur de feu menaçant. Une lueur rouge filtrait à travers les sombres tourbillons de fumée.

Marie et Laura, réfugiées contre la maison, se tenaient la main et tremblaient. Bébé Carrie était dans la maison. Laura aurait bien voulu pouvoir faire quelque chose, mais il lui semblait percevoir, dans sa propre tête, un rugissement et un tourbillonnement semblables à ceux du feu. Des contractions lui nouaient l'estomac, des larmes jaillissaient de ses yeux irrités. La fumée lui piquait les yeux, le nez et la gorge.

Jack hurlait de terreur. Bunny, Pet et Patty tiraient sur leurs cordes et poussaient d'horribles cris suraigus. Les terrifiantes flammes orange et jaunes arrivaient bien plus vite qu'un cheval au galop et leur lumière vacillante dansait sur toutes choses.

Le petit feu allumé par Papa avait créé une bande noire de terre brûlée. Le petit feu progressait petit à petit contre le vent. Il s'en allait lentement en rampant à la rencontre du grand feu qui se ruait furieusement en sens inverse. Tout à coup, le grand feu avala le petit.

Le vent s'enfla jusqu'à n'être plus qu'une immense clameur et un immense craquement qui se ruaient en avant. Les flammes grimpèrent dans l'air chargé de crépitements. Le feu environnait la maison de toutes parts.

Et puis ce fut la fin. Le feu dépassa la maison en mugissant et s'éloigna.

Papa et Maman éteignaient les petits foyers qui subsistaient ici et là dans la cour. Quand ils furent tous éteints, Maman entra dans la maison pour se laver les mains et le visage. Elle était maculée de fumée et de sueur ; elle tremblait.

Elle leur dit qu'il n'y avait plus d'inquiétude à avoir.

— Le contre-feu nous a sauvés, expliqua-t-elle, et tout est bien qui finit bien.

L'air sentait le brûlé. Et jusqu'à l'horizon, la prairie incendiée était noire et nue. Des fumerolles s'en élevaient partout. Des cendres volaient au vent. Tout était bouleversé de façon pitoyable. Papa et Maman étaient pourtant heureux, parce que le feu était passé et ne leur avait causé aucun dommage.

Papa déclara que le feu les avait manqués de peu, mais que manquer de près ou manquer de loin, c'était toujours manquer.

Il demanda à Maman :

— Si c'était arrivé quand j'étais à Independence, qu'auriez-vous fait ?

— Nous serions descendues à la rivière avec les oiseaux et les lapins, bien entendu, lui répondit Maman.

Toutes les bêtes sauvages de la prairie avaient su ce qu'il fallait faire. Elles avaient couru, volé, sauté ou rampé aussi vite qu'elles l'avaient pu jusqu'à l'eau qui les protégerait du feu. Seuls, les doux petits gauphres rayés s'étaient enfoncés profondément dans leurs terriers. Voilà pourquoi ils étaient les premiers à reparaître et à examiner la prairie dénudée et encore fumante.

Au bout d'un moment, on vit les oiseaux revenir en volant du fond de la vallée, puis un lapin en sortit avec précaution et examina les parages. Il fallut très, très longtemps avant que les serpents ne quittent la vallée en rampant et que les poules des prairies n'en ressortent en marchant.

Le feu s'était éteint de lui-même à la limite du plateau. Il n'avait jamais gagné le fond de la vallée, ni les campements des Indiens.

Ce soir-là, M. Edwards et M. Scott vinrent consulter Papa. Ils étaient inquiets, parce qu'ils pensaient que les Indiens étaient bien capables d'avoir allumé cet incendie dans l'intention de chasser les colons blancs, en brûlant tout ce qu'ils possédaient.

Papa leur dit que pour sa part, il ne le croyait

pas. Les Indiens, selon lui, avaient toujours mis le feu à la Prairie pour faciliter la repousse de l'herbe et leur permettre de mieux voyager. Leurs petits chevaux ne pouvaient galoper dans l'épaisse et haute herbe morte. A présent, le terrain était dégagé. Et il en était lui-même heureux, car ses labours en seraient bien facilités.

Tandis qu'ils parlaient, ils entendaient les tambours et les cris des camps indiens. Laura était assise sur le pas de la porte, aussi silencieuse qu'une petite souris, et elle écoutait tout à la fois la conversation et les Indiens. Les étoiles, proches, brillantes, scintillaient au-dessus de la prairie brûlée et le vent soufflait doucement dans les cheveux de Laura.

M. Edwards trouvait qu'il y avait beaucoup trop d'Indiens dans ces camps. Il n'aimait pas cela. M. Scott disait qu'il ne comprenait pas pourquoi ces sauvages se rassemblaient en si grand nombre s'ils ne manigançaient pas quelque chose.

— Le seul bon Indien est l'Indien mort, dit M. Scott.

Papa lui répondit qu'il ne savait pas si c'était vrai. Il pensait que les Indiens pouvaient être tout aussi paisibles que n'importe qui, si on les laissait tranquilles. D'un autre côté, ils avaient été repoussés vers l'ouest tant de fois qu'il était naturel qu'ils détestent les Blancs. Mais un Indien aurait dû avoir assez de bon sens pour se rendre compte du moment où il était battu. Étant donné la présence de soldats à Fort Gibson et à Fort Dodge, Papa ne croyait pas que ces Indiens-là leur causeraient le moindre ennui.

— Pour ce qui est de leur regroupement dans ces camps, Scott, je peux vous l'expliquer, poursuivit-il. Ils se préparent à partir pour leur grande chasse de printemps au bison.

Il y avait, selon lui, une demi-douzaine de tribus rassemblées dans les camps du bord de la rivière. Ces tribus se faisaient mutuellement la guerre, la plupart du temps, mais au printemps, elles faisaient la paix et se rassemblaient pour participer à la grande chasse.

— Ils se sont juré de respecter la paix entre eux, continuait Papa, et ils sont décidés à aller chasser le bison. Il n'est donc pas vraisemblable qu'ils partent sur le sentier de la guerre contre nous. Ils vont tous avoir des discussions et des fêtes, puis un beau jour, ils prendront la piste à la rencontre des troupeaux de bisons. Les bisons vont se mettre à remonter vers le nord très bientôt, en suivant la repousse de l'herbe verte. Sapristi ! J'aimerais bien moi-même prendre part à une chasse comme celle-là. Ça doit être un fameux spectacle.

— Bon, il se pourrait bien que vous ayez raison là-dessus, Ingalls, reconnut M. Scott, d'une voix lente. En tout cas, je serais bien content de raconter à Mme Scott ce que vous venez de me dire. Elle n'arrive pas à s'enlever de l'idée les massacres du Minnesota.

CHAPITRE 23

LE CRI DE GUERRE INDIEN

Le lendemain matin, Papa retourna à son labour en sifflant. Quand il revint à midi, il était couvert de la suie noire de la prairie, mais tout content. Les hautes graminées ne le gênaient plus.

Il n'était pas sans éprouver toutefois une certaine inquiétude au sujet des Indiens. Ils étaient de plus en plus nombreux dans la vallée. Marie et Laura apercevaient les fumées de leurs feux dans la journée et la nuit, leurs rudes clameurs montaient jusqu'à elles.

Papa rentrait de bonne heure de son champ. Il s'occupait tôt des bêtes, puis enfermait Pet, Patty, Bunny, la vache et son veau dans l'étable. Les animaux n'avaient pas le droit de rester dans la cour pour y paître à la fraîcheur, sous la lune.

Quand les ombres s'allongeaient sur la prairie, que le vent s'apaisait, le tapage qui régnait dans les camps indiens se faisait plus confus et plus violent. Papa faisait entrer Jack dans la maison. On fermait la porte, on tirait le cordon. Personne n'allait plus dehors avant le matin.

La nuit gagnait peu à peu la petite maison et l'obscurité semblait lourde de menaces. Elle était toute chargée des glapissements des chants guerriers indiens. Un soir, elle fut soudain ébranlée par le roulement des tambours.

Tout en dormant, Laura ne cessait de percevoir ce tumulte sauvage et les folles vibrations des tambours. Elle entendait aussi les crissements des griffes de Jack sur le plancher et son grondement sourd. Parfois, Papa s'asseyait dans son lit, pour mieux prêter l'oreille.

Un soir, il sortit son moule à balles d'une boîte rangée sous son lit. Il demeura assis longtemps devant l'âtre pour y fondre du plomb et façonner des balles. Il ne s'arrêta qu'après avoir employé le tout dernier petit morceau de plomb.

Laura et Marie, couchées dans leur lit, mais encore éveillées, le regardaient faire. Il n'avait jamais préparé autant de balles en une seule fois.

Marie lui demanda :

— Pourquoi fais-tu tout ça, Papa?

— Oh, je n'ai rien d'autre à faire, répondit Papa, qui se mit à siffler gaiement.

Il avait labouré toute la journée, pourtant. Il était trop fatigué pour jouer du violon. Il aurait pu aller se coucher, plutôt que de rester debout si tard à faire des balles.

Les Indiens ne venaient plus à la maison. Depuis des jours, déjà, Marie et Laura n'avaient pas vu un seul Indien. Marie n'aimait plus sortir de la maison. Laura devait jouer dehors toute seule et elle éprouvait une curieuse sensation, quand elle regardait la prairie. On ne s'y sentait pas en sécurité. On aurait dit qu'il s'y cachait quelque chose. Laura avait parfois l'impression que quelqu'un l'observait ou s'approchait en rampant derrière elle. Elle pivotait vivement sur elle-même, mais ne découvrait personne.

M. Scott et M. Edwards vinrent avec leurs fusils parler à Papa dans le champ. Ils discutèrent très longtemps, puis ils repartirent ensemble. Laura était déçue, parce que M. Edwards n'était pas venu à la maison.

A l'heure du déjeuner, Papa raconta à Maman que certains pionniers parlaient d'établir un camp fortifié, entouré d'une palissade. Laura ignorait ce qu'était un camp fortifié. Papa avait répondu à M. Scott et à M. Edwards que cette idée lui semblait insensée. Comme il l'expliquait à Maman :

— Si nous en avions besoin d'un, il nous le faudrait avant d'avoir eu le temps de le construire. Et la dernière chose, pour nous, serait de leur montrer que nous nous conduisons comme si nous avions peur.

Marie et Laura échangèrent un regard. Elles savaient qu'il était inutile de poser des questions. On leur dirait une fois de plus que les enfants ne doivent pas parler à table à moins qu'on ne leur ait adressé la parole. Ou que les enfants doivent être vus et non entendus.

Au cours de l'après-midi, Laura demanda à Maman ce qu'était un camp fortifié. Maman lui répondit que c'était une chose qui poussait les petites filles à poser des questions. Maman sous-entendait par là que les grandes personnes ne tenaient pas à ce que les enfants sachent ce que c'était. Marie jeta d'ailleurs à Laura un regard qui signifiait : « Je te l'avais bien dit. »

Laura ne comprenait pas pourquoi Papa avait dit qu'il ne devait pas se conduire comme s'il avait peur. Papa n'avait jamais peur. Laura ne voulait pas non plus se conduire comme si elle avait eu peur, mais en fait, elle était effrayée. Les Indiens l'effrayaient.

Jack ne couchait plus jamais les oreilles, ni ne souriait à Laura. Même quand elle le caressait, ses oreilles demeuraient dressées, son échine, hérissée, et ses lèvres crispées en un rictus qui découvrait ses dents. Il lançait des regards furieux. De soir en soir, ses grognements étaient plus irrités, cependant que de soir en soir, les tambours des Indiens battaient plus vite, toujours plus vite, et leurs cris délirants s'élevaient toujours plus aigus, plus rapides, plus frénétiques.

Au beau milieu de la nuit, Laura s'assit subitement, en hurlant. Un bruit terrifiant l'avait laissée baignée de sueur froide.

Maman fut près d'elle très vite et lui dit doucement :

— Tais-toi, Laura. Ne fais pas peur à Carrie.

Laura se serra contre Maman. Elle s'aperçut que Maman portait encore sa robe. Le feu était recouvert de cendre, la maison, plongée dans le noir, mais Maman ne s'était pas encore couchée. La lumière de la lune entrait par la fenêtre. Les volets étaient ouverts et Papa s'était posté près de la fenêtre, dans le noir, pour regarder dehors. Il avait son fusil entre les mains.

Dehors, dans la nuit, les tambours battaient et les Indiens faisaient un vacarme effréné.

C'est alors que le bruit terrifiant se produisit à nouveau. Laura eut l'impression qu'elle tombait, qu'elle ne pouvait se raccrocher à rien, qu'il ne restait plus rien de solide nulle part. Il lui parut qu'un long moment s'était écoulé avant qu'elle pût à nouveau voir, penser ou parler.

Elle cria d'une voix suraiguë :

— Mais qu'est-ce que c'est? Qu'est-ce que c'est? Oh, Papa, qu'est-ce que c'est?

Elle tremblait des pieds à la tête et se sentait prête à défaillir. Elle entendait les tambours résonner lourdement et les violentes clameurs sauvages. Elle sentait la présence de Maman qui la protégeait.

Papa prit la parole :

— C'est le cri de guerre des Indiens, Laura.

Maman poussa une exclamation étouffée, mais Papa lui dit :

— Autant qu'elles le sachent, Caroline.

Il expliqua à Laura que c'était la manière employée par les Indiens pour parler de la guerre. Les Indiens se contentaient d'en parler et de danser autour de leurs feux. Marie et Laura ne devaient pas avoir peur, parce que Papa était là, que Jack était là et qu'il y avait des soldats à Fort Gibson et à Fort Dodge.

— Voilà pourquoi vous ne devez pas avoir peur, Marie et Laura, répéta-t-il.

Laura répondit d'une voix entrecoupée :

— Non, Papa.

Mais elle avait horriblement peur. Quant à Marie, elle ne pouvait même pas parler. Elle frissonnait sous ses couvertures.

C'est alors que Carrie commença à pleurer. Maman l'emporta jusqu'au fauteuil à bascule et la berça doucement. Laura se glissa hors de son lit et se réfugia contre le genou de Maman. Et

Marie, se sentant abandonnée, se glissa hors du lit à sa suite et vint se serrer contre Maman, elle aussi. Papa demeurait près de la fenêtre, pour faire le guet.

Il semblait à Laura que les tambours battaient dans sa tête. Elle avait l'impression qu'ils roulaient à l'intérieur d'elle-même. Les glapissements rapides, lancés avec fureur vers le ciel, étaient plus terrifiants que l'appel des loups. Il allait se passer quelque chose de plus terrible encore, Laura le sentait.

Soudain, il retentit — le cri de guerre des Indiens.

Un cauchemar ne peut être aussi affreux que ne le fut cette nuit-là. Un cauchemar reste un rêve, et quand il devient trop impressionnant, on peut s'y arracher en se réveillant. Mais ce qui se passait alors était réel et Laura ne pouvait s'en réveiller. Elle ne pouvait y échapper.

Quand le cri de guerre mourut, Laura comprit qu'il ne l'avait pas encore atteinte. Elle se trouvait toujours dans la maison obscure et elle se pressait tout contre Maman. Maman tremblait des pieds à la tête. Le hurlement de Jack s'achevait sur un grondement mêlé de sanglots. Carrie se remit à pousser des cris perçants. Papa s'essuya le front, tout en lançant un « Ouf! » pour atténuer un peu la tension.

— Je n'ai encore jamais rien entendu qui

ressemble à ça! avoua-t-il. Comment croyez-vous qu'ils apprennent à le faire? demanda-t-il à la ronde, mais personne ne lui répondit.

« Ils n'ont pas besoin de fusils. Ce hurlement suffit à faire mourir de peur n'importe qui, reprit-il. J'ai la bouche si sèche que je serais incapable de siffler un air, même si ma vie en dépendait. Apporte-moi un peu d'eau, Laura. »

Laura se sentit aussitôt mieux. Elle alla chercher une louche pleine d'eau et l'apporta à Papa, toujours posté à la fenêtre. Il la lui prit des mains, lui sourit, ce qui la fit se sentir beaucoup mieux. Il but un peu, lui sourit à nouveau et s'exclama :

— Et voilà! Tu vois, maintenant, je peux siffler!

Il siffla même quelques notes pour lui prouver qu'il en était capable.

Puis il écouta la nuit. Et Laura entendit à son tour venir de très loin le léger cli-pe-clop, clop-clop, cli-pe-clop, d'un petit cheval lancé au galop. Le bruit se rapprochait.

D'un côté de la maison montaient les roulements des tambours et les hululements, rapides, aigus et clairs, de l'autre, le bruit solitaire d'un cavalier au galop.

Le cheval se rapprochait de plus en plus. Un instant, les sabots claquèrent plus fort et subitement, le cheval longea la maison. La galopade se poursuivit le long du chemin de la rivière, puis le son s'affaiblit.

A la clarté de la lune, Laura avait aperçu la croupe d'un petit poney indien noir, monté par un Indien. Elle avait distingué une couverture drapée, une tête nue, un bouquet de plumes flottant au vent, le canon du fusil éclairé par un rayon de lune, puis tout avait disparu. Il ne restait plus rien sur la prairie déserte.

Papa déclara qu'il voulait bien être pendu s'il y comprenait quelque chose. Il ajouta que ce cavalier était l'Osage qui avait tenté de lui parler en français.

Papa demanda alors :

— Qu'est-ce qu'il peut bien faire, en route, à cette heure, à galoper comme ça ventre à terre?

Aucune d'elles ne lui répondit, car elles ne connaissaient pas la réponse.

Les tambours battaient toujours et les Indiens vociféraient. Leur terrifiant cri de guerre ne cessait de monter.

Petit à petit, au bout d'un long moment, les clameurs s'espacèrent, puis s'affaiblirent. Carrie s'était endormie à force de pleurer. Maman envoya Marie et Laura se recoucher.

Le lendemain, elles n'eurent pas la permission de sortir de la maison. Papa demeura dans les alentours immédiats. Il ne montait pas un son des campements indiens. La vaste prairie était plongée dans le silence. Seul, le vent soufflait sur la terre noircie, où il ne trouvait plus d'herbes pour les faire chanter. Le vent passait sur la maison avec le bruit pressé de l'eau qui court sur les galets.

Cette nuit-là, le tintamarre fut plus intense que la veille, dans les campements indiens. Cette fois encore, les cris de guerre furent plus effrayants que le plus angoissant des cauchemars. Laura et Marie se réfugièrent auprès de Maman, la petite Bébé Carrie pleura et Papa fit le guet devant la fenêtre, avec son fusil. Et toute la nuit, Jack arpenta la pièce, gronda ou hurla quand s'élevèrent les cris de guerre.

Au cours des trois nuits suivantes, les choses ne firent qu'empirer. Marie et Laura étaient si fatiguées qu'elles succombaient de sommeil, en dépit des roulements nourris des tambours et des vociférations des Indiens. Mais l'éclatement d'un cri de guerre les réveillait toujours en sursaut et les laissait terrifiées.

Les journées silencieuses étaient plus éprouvantes encore que les nuits. Papa passait son temps à guetter et à écouter. La charrue était demeurée dans le champ, là où il l'avait abandonnée. Pet, Patty, le petit mulet, la vache et le veau restaient à l'étable. Marie et Laura n'avaient pas le droit de sortir de la maison. Et

Papa ne cessait jamais d'examiner la prairie en tous sens, tournant vivement la tête lorsqu'il percevait le plus léger bruit. Il ne mangeait presque rien, à midi, se levait sans cesse et allait jeter un coup d'œil dehors sur la prairie environnante.

Un jour, il s'endormit, la tête sur la table. Maman, Marie et Laura gardaient le silence pour le laisser dormir. Il était si las! Moins d'une minute après, il s'éveillait en sursaut et disait d'une voix brève à Maman :

— Ne me laisse jamais refaire ça!

— Jack montait la garde, objecta Maman, d'une voix douce.

La nuit qui suivit fut la plus effroyable de toutes. Les tambours roulaient sans interruption, les cris des Indiens étaient plus intenses et plus violents que jamais. Depuis l'amont jusqu'à l'aval, tout au long de la rivière, les cris de guerre répondaient aux cris de guerre et les versants de la vallée s'en renvoyaient l'écho. Il n'y avait plus la moindre pause. Il semblait à Laura qu'elle était rouée de coups et elle avait mal jusque dans le ventre.

Papa, à la fenêtre, annonça :

— Caroline, ils se disputent entre eux. Ils vont peut-être se battre.

— Oh, Charles, si seulement ils le faisaient! soupira Maman.

Durant toute la nuit, ils ne connurent pas une minute de repos. Au moment où l'aube allait poindre, le dernier cri de guerre mourut et Laura s'endormit contre le genou de Maman.

Elle se réveilla dans son lit. Marie dormait à côté d'elle. La porte était ouverte. A l'angle que formaient les rayons de soleil sur le plancher, Laura comprit qu'il était presque midi. Maman faisait cuire le déjeuner. Papa était assis sur le seuil.

Il annonça à Maman :

— Voilà un autre grand groupe qui s'en va vers le sud.

Laura alla jusqu'à la porte en chemise de nuit et elle aperçut une longue file d'Indiens dans le lointain. La file, montant de la vallée, surgissait sur la prairie noircie et s'éloignait en direction du sud. Les Indiens, perchés sur leurs mustangs paraissaient si petits, à cette distance, qu'on les aurait pris pour des fourmis.

Papa lui dit que deux grands groupes d'Indiens étaient partis vers l'ouest, au matin. A présent, celui-ci s'en allait vers le sud. Cela signifiait que les Indiens s'étaient querellés. Ils abandonnaient leurs camps. Ils ne participeraient pas tous ensemble à la chasse au bison.

Ce soir-là, la nuit tomba dans le silence. Il n'y eut pas d'autre bruit que celui du vent qui passait.

— Cette nuit, nous allons dormir! affirma Papa.

Et c'est bien ce qu'ils firent. Ils dormirent toute la nuit d'un sommeil de plomb. Quand le matin arriva, Jack dormait encore, accablé, tout de son long, à l'endroit même où Laura l'avait vu quand elle était allée se coucher.

La nuit suivante fut calme, elle aussi, et à nouveau ils dormirent tous profondément. Ce matin-là, Papa déclara qu'il se sentait frais comme un gardon et qu'il irait faire un peu de reconnaissance le long de la rivière.

Il enchaîna Jack à l'anneau du mur de la maison, prit son fusil et s'engagea sur la piste menant à la rivière. Il fut bientôt hors de vue.

Laura, Marie et Maman n'avaient plus qu'à attendre son retour. Elles demeurèrent à l'intérieur de la maison en souhaitant le voir revenir vite. Le soleil ne s'était jamais déplacé avec autant de lenteur sur le plancher qu'il ne le fit ce jour-là.

Papa, pourtant, finit par reparaître. Il revint à la fin de l'après-midi. Tout allait bien. Il s'était risqué vers l'amont de la rivière, puis vers l'aval, et il avait vu de nombreux camps indiens désertés. Tous les Indiens étaient repartis, à l'exception de la tribu des Osages.

Dans les bois, Papa avait rencontré un Osage qui pouvait lui parler. Cet Indien lui avait appris que toutes les tribus, à l'exception de celle des Osages, avaient résolu de tuer les Blancs venus s'installer en Territoire indien. Et elles s'apprêtaient à le faire, quand l'Indien solitaire était arrivé à cheval pour participer à leur *pow-wow,* leur grande assemblée.

Si cet Indien était arrivé de si loin et en si grande hâte, c'est qu'il ne voulait pas qu'ils tuent les Blancs. Cet homme était un Osage et on lui donnait un nom qui signifiait qu'il était un grand guerrier.

— *Soldat du Chêne,* tel est son nom, dit Papa. Il a discuté jour et nuit avec eux, jusqu'à ce que tous les autres Osages soient tombés d'accord avec lui. Alors, il s'est levé et il a dit aux autres tribus que si elles commençaient à nous massacrer, les Osages leur feraient la guerre.

C'est cette décision qui avait provoqué tant de tumulte, au cours de la dernière de ces effroyables nuits. Les autres tribus s'étaient mises à hurler contre les Osages et les Osages hurlaient contre elles à leur tour. Les autres tribus n'avaient pas osé entrer en guerre contre *Soldat du Chêne* et tous ses Osages, aussi étaient-elles reparties le lendemain.

— Voilà un bon Indien! conclut Papa.

Quoi qu'en eût dit M. Scott, Papa ne croyait pas que le seul bon Indien fût un Indien mort.

CHAPITRE 24

LES INDIENS S'EN VONT

Ils connurent une autre longue nuit de sommeil. Il était bien agréable de pouvoir se coucher et de dormir profondément. Tout était silencieux et rassurant. Seuls, les hiboux demandaient « Où-où? Où-où? » dans les bosquets des bords de la rivière, tandis que la grande lune voguait avec lenteur, en suivant la courbe du ciel au-dessus de l'infinie prairie.

Au matin, le soleil brillait et réchauffait la terre. En bas, près de la rivière, les grenouilles coassaient. « Gare-mp! Gare-mp! » criaient-

elles au bord des trous d'eau. « Jusqu'aux g'noux! Jusqu'aux g'noux! Mieux vaut faire le tour! »

Depuis que Maman leur avait raconté ce que chantaient les grenouilles, Marie et Laura comprenaient très bien leurs discours.

La porte était ouverte pour laisser pénétrer le chaud souffle du printemps. Après le petit déjeuner, Papa sortit, en sifflant joyeusement. Il allait atteler à nouveau Pet et Patty à la charrue. Tout à coup, il s'arrêta de siffler. Il se figea sur le seuil, le visage tourné vers l'est et il appela :

— Viens là, Caroline. Et vous aussi, Marie et Laura.

Laura sortit en courant la première et elle fut stupéfaite. Les Indiens arrivaient.

Ils ne venaient pas par le chemin de la rivière.

Ils sortaient, montés sur leurs chevaux, du fond de la vallée, par un chemin ouvert plus à l'est.

En tête venait le grand Indien qui était passé au galop près de la maison, dans la nuit baignée de lune. Jack gronda et le cœur de Laura se mit à battre très vite. Elle était rassurée de sentir Papa à son côté. Elle savait pourtant que cet homme était le bon Indien, le chef Osage qui avait mis fin aux terribles cris de guerre.

Son poney noir avançait en trottant avec entrain, flairant le vent qui agitait sa crinière et sa queue comme s'il avait fait claquer des bannières. Le nez et le front du cheval étaient libres; il ne portait pas de bride. Il n'avait d'ailleurs pas la moindre pièce de harnachement sur lui. Rien qui pût l'obliger à obéir s'il n'en avait pas envie. C'était donc sans y être contraint qu'il trottait sur la vieille piste indienne, comme s'il eût aimé porter cet Indien.

Jack, furieux, se mit à gronder et lutta pour se libérer de sa chaîne. Il se souvenait que cet Indien avait pointé un fusil sur lui.

Papa ordonna :

— La paix, Jack.

Jack se remit à gronder. Pour la première fois de sa vie, Papa le frappa.

— Allez coucher! La paix! cria Papa.

Jack se tapit sur le sol et se tint tranquille.

Le poney était tout près, maintenant, et le

cœur de Laura battait la chamade. Elle vit le mocassin brodé de perles de l'Indien, son regard monta le long de la jambière frangée, qui pressait le flanc nu du poney. L'Indien s'était drapé dans une couverture aux couleurs vives. L'un de ses bras nus, à la peau cuivrée, maintenait son fusil légèrement posé au travers de l'encolure nue. Enfin, Laura leva les yeux vers le visage brun, farouche et impassible de l'Indien.

C'était un visage fier, impénétrable. Quoi qu'il arrivât, il demeurerait toujours ainsi. Rien ne le changerait. Seuls, les yeux vivaient dans ce visage, mais ils fixaient les lointains, vers l'ouest. Leur regard ne se laissait pas détourner. Rien, d'ailleurs, ne bougeait, ni ne changeait en cet homme, si ce n'étaient les plumes d'aigles, piquées bien droit dans la mèche du scalp, sur la tête rasée. Ces longues plumes se balançaient, s'inclinaient de droite et de gauche ou tournoyaient dans le vent, tandis que le grand Indien, perché sur le poney noir, les dépassait et s'éloignait.

— *Du Chêne* en personne, dit Papa à mi-voix, et il leva la main pour le saluer.

Mais le libre poney et l'impénétrable Indien poursuivirent leur route. Ils la poursuivirent comme si la maison, l'étable, Papa, Maman, Marie et Laura n'avaient pas existé.

Papa, Maman, Marie et Laura se tournèrent lentement et suivirent des yeux le fier dos droit de l'Indien. Puis d'autres poneys, d'autres couvertures, d'autres têtes rasées et d'autres plumes d'aigle s'interposèrent entre eux. L'un après l'autre, sur la piste, un nombre toujours plus grand de farouches guerriers arrivaient à cheval derrière *Du Chêne*. Visage brun après visage brun, ils passaient. Les crinières et les queues des chevaux flottaient au vent, les perles brillaient, les franges se soulevaient, les plumes d'aigle s'agitaient en tous sens sur les têtes nues. Les canons des fusils couchés sur les épaules des mustangs pointaient tout au long de la file.

Laura était enthousiasmée par les petits chevaux. Il y avait des chevaux noirs, des chevaux bais, des chevaux gris et bruns, des chevaux mouchetés. Leurs petites pattes faisaient clipeti-clip-clip, clipeti-clip, clop-cloper, clop, cloper, clipeti-clop-cloper, tout au long de la piste indienne. Leurs naseaux frémissaient quand ils sentaient Jack et leurs corps faisaient un écart pour l'éviter, mais ils poursuivaient leur route avec courage et tournaient au passage vers Laura leurs yeux brillants.

— Oh, les jolis poneys! Regardez les jolis poneys! cria-t-elle, en battant des mains. Regardez le tacheté!

Elle se disait qu'elle ne se fatiguerait jamais

d'observer ces petits chevaux qui défilaient, mais au bout d'un moment, elle se prit à observer les femmes et les enfants, juchés sur leurs dos. Femmes et enfants chevauchaient en arrière des hommes. Des petits Indiens, nus et bruns, pas plus âgés que Marie et Laura, montaient sur ces jolis petits chevaux. On n'obligeait ni les poneys à porter brides ou selles, ni les jeunes Indiens à mettre des vêtements. Leur peau tout entière était exposée à l'air frais et au soleil. Leurs cheveux noirs et lisses étaient soulevés par le vent et leurs yeux noirs pétillaient de joie. Ils étaient assis, fiers et bien cambrés, sur leurs montures et ils avaient déjà l'impassibilité de leurs aînés.

Laura dévorait des yeux les enfants indiens et eux aussi la dévisageaient. Elle fut prise de l'envie capricieuse de devenir une petite Indienne. En réalité, elle ne le voulait pas sérieusement. Elle souhaitait simplement pouvoir se promener toute nue au soleil et dans le vent, et de chevaucher l'un de ces charmants petits poneys.

Les mères de ces enfants indiens montaient des mustangs, elles aussi. Des franges de cuir pendaient tout au long de leurs jambières et elles s'étaient enveloppées dans des couvertures, mais elles n'avaient sur la tête que leurs cheveux noirs et lisses. Leurs visages basanés avaient une expression placide. Certaines portaient d'étroits paquets ligotés sur le dos et de minuscules petites têtes de bébés sortaient en haut de ces berceaux. D'autres bébés ou de très petits enfants voyageaient dans des paniers suspendus aux flancs des poneys, à côté de leurs mères.

Il défilait toujours plus de poneys, d'enfants, de bébés sur le dos de leurs mères, de bébés dans les paniers accrochés aux flancs des poneys. Vint alors une mère, qui chevauchait en compagnie de deux bébés, installés chacun dans un panier, de part et d'autre du poney.

Laura plongea son regard dans les yeux brillants du petit bébé le plus proche d'elle. Seule, sa petite tête était visible au-dessus du bord du panier. Ses cheveux étaient aussi noirs que l'aile du corbeau, ses yeux aussi sombres qu'une nuit sans lune.

Ces yeux noirs plongèrent profondément dans les yeux de Laura et elle-même plongea intensément son regard dans le noir profond des yeux de ce petit bébé. Elle ne désira plus qu'une chose : posséder ce petit bébé.

— Papa, dit-elle, fais-moi donner ce bébé!

— Tais-toi, Laura, lui dit Papa, d'un ton sévère.

Le petit bébé était en train de les dépasser. Il tournait la tête et ses yeux ne se détachaient pas de ceux de Laura.

— Oh! je le veux! Je le veux! supplia Laura.

Le bébé s'éloignait toujours, mais il ne cessait de regarder en arrière vers Laura.

— Il veut rester avec moi, suppliait à nouveau Laura. S'il te plaît, Papa, s'il te plaît!

— Tais-toi, Laura. Cette Indienne veut garder son bébé.

— Oh, Papa! gémit Laura, et elle se mit à pleurer.

Il était honteux de fondre ainsi en larmes, mais elle ne pouvait s'en empêcher. Le petit bébé indien avait disparu. Elle savait qu'elle ne le reverrait jamais.

Maman déclara qu'elle n'avait jamais entendu une chose pareille.

— Tu n'as pas honte, Laura, s'indigna Maman, en voyant que Laura ne s'arrêtait pas de pleurer. Pour qu'elle raison au monde voudrais-tu donc avoir un bébé indien? lui demanda Maman.

— Ses yeux sont si noirs! sanglota Laura.

Mais ce n'était pas du tout ce qu'elle aurait voulu dire.

— Voyons, Laura, poursuivit Maman. Tu ne voudrais pas avoir un autre bébé. Nous avons déjà un bébé, notre bébé.

— Je veux l'autre aussi! dit Laura, entre deux gros sanglots.

— Eh bien ça, alors! s'exclama Maman.

— Regarde les Indiens, Laura, intervint Papa. Regarde vers l'ouest, puis regarde vers l'est. Regarde bien ce que tu vois.

Laura avait peine à distinguer quoi que ce soit, au début. Elle avait les yeux pleins de larmes et des sanglots la secouaient encore. Mais elle obéit à Papa du mieux qu'elle le put. Au bout d'un moment, elle se calma. Aussi loin qu'elle portât les yeux, vers l'ouest ou vers l'est, il y avait des Indiens. Il n'y avait pas de fin à cette longue, longue file.

— Ça fait un sacré nombre d'Indiens! remarqua Papa.

Les Indiens continuaient à défiler devant eux, à cheval. Bébé Carrie se fatigua de regarder les Indiens et se mit à jouer toute seule, sur le plancher. Mais Laura s'assit sur le seuil, Papa étant près d'elle, pendant que Maman et Marie restaient dans l'encadrement de la porte. Ils regardèrent ainsi, sans pouvoir en détacher les yeux, le défilé des Indiens à cheval.

L'heure de déjeuner était arrivée, mais nul ne songeait à manger. Les poneys indiens continuaient à avancer, transportant des ballots de peaux, des poteaux de tentes, des paniers, des poteries pour la cuisine. Il y eut encore quelques femmes et quelques enfants nus, puis le tout dernier poney s'avança. Papa, Maman, Marie et Laura demeurèrent pourtant sur le pas de la porte, les yeux rivés sur cette longue file d'Indiens, jusqu'à ce qu'elle se fût lentement étirée par-delà l'horizon ouest de leur univers. Alors, il n'y eut plus que le silence et l'espace déserté. Le monde entier leur parut très calme et très solitaire.

Maman dit qu'elle n'avait plus envie de rien faire, qu'elle se sentait trop abattue. Papa lui conseilla de ne rien faire du tout et d'aller se reposer.

— Il faut bien que tu manges quelque chose, Charles, protesta Maman.

— Non, lui dit Papa. Je n'ai pas faim.

Il s'en fut posément atteler Pet et Patty, puis il recommença à briser les dures mottes de terre avec sa charrue.

Laura ne put rien avaler non plus. Elle demeura longtemps assise sur le seuil, les yeux tournés vers l'ouest désert, où les Indiens avaient disparu. Il lui semblait encore voir les plumes s'incliner au vent, les yeux noirs, et elle gardait dans sa mémoire le bruit des pas des poneys.

CHAPITRE 25

LES SOLDATS

Une fois les Indiens partis, une grande paix régna sur la prairie. Et un beau matin, toute la terre avait reverdi.

— Mais quand cette herbe a-t-elle bien pu pousser? s'étonna Maman. Je croyais que toute la contrée était noire, et voilà qu'aujourd'hui, aussi loin qu'on puisse voir, on n'aperçoit plus que de l'herbe verte.

Le ciel tout entier se couvrit de triangles de canards et d'oies sauvages, volant vers le nord. Des corbeaux croassaient au-dessus des arbres,

le long de la rivière. Les vents murmuraient dans l'herbe nouvelle, apportant des senteurs de terre et de végétation naissante.

Le matin, les sturnelles s'élançaient en chantant vers le ciel. Tout le jour, les courlis, les gravelots et les chevaliers pépiaient ou chantaient au fond de la vallée. Souvent, quand le soir tombait, les oiseaux moqueurs vocalisaient à leur tour.

Un soir, Papa, Marie et Laura s'assirent en silence sur le seuil pour regarder les petits lapins jouer dans l'herbe à la clarté des étoiles. Trois mères lapines, les oreilles pendantes, sautaient alentour, tout en observant, elles aussi, leurs petits qui jouaient.

Dans la journée, tout le monde était très occupé. Papa se hâtait de labourer, pendant que

Marie et Laura aidaient Maman à planter les premières graines du potager. Avec la houe, Maman creusait des petits trous au milieu des racines de graminées entremêlées, que la charrue avait retournées. Laura et Marie y laissaient alors tomber les graines avec soin. Enfin, Maman les recouvrait bien avec de la terre. Elles plantaient des oignons, des carottes, des pois, des haricots et des navets. Ils étaient tous très heureux de voir que le printemps était arrivé et de penser que bientôt ils auraient des légumes. Ils commençaient à être las de n'avoir que du pain et de la viande.

Un soir, Papa revint du champ avant le coucher du soleil. Il aida Maman à mettre en terre des plants de choux et de patate douce. Maman avait semé les graines de choux dans une caisse plate, qu'elle avait gardée dans la maison. Elle l'avait arrosée avec amour et portée chaque jour d'un endroit exposé au soleil du matin à un autre, exposé au soleil de l'après-midi, derrière les vitres. De plus, elle avait mis de côté l'une des patates douces, reçues en cadeau à Noël, et elle l'avait plantée dans une seconde caisse. Les graines de choux avaient donné naissance à des petits plants verts-gris, et à partir de chacun des yeux de la patate douce, des germes et des feuilles s'étaient développés.

Papa et Maman prirent chacun des jeunes

plants avec précaution et installèrent ses racines confortablement dans les trous qu'ils avaient préparés pour elles. Ils arrosèrent les racines et tassèrent bien la terre par-dessus. La nuit était tombée avant que le dernier plant fût en place et Papa et Maman étaient fatigués. Mais ils étaient contents aussi, parce que cette année, ils auraient des choux et des patates douces.

Chaque jour, ils allaient tous rendre visite à leur potager. Il était grossièrement ameubli, encore hérissé d'herbe, car il était préparé dans la terre de la prairie, mais tous les jeunes plants y reprenaient. Les petites feuilles encore mal dépliées des pois s'ouvraient, tout comme les minces bourgeons des oignons. Les haricots se soulevaient au-dessus du sol. C'était une tigelle jaune, enroulée comme un ressort, qui, en s'allongeant, les faisait « lever ». C'est alors que les deux moitiés du haricot s'écartaient, que ses deux premières feuilles apparaissaient, puis ces feuilles se déplissaient sous la lumière du soleil.

Très bientôt, ils allaient vivre comme des rois.

Chaque matin, Papa allait au champ, en sifflant joyeusement. Il avait planté une partie des pommes de terre dans ses premiers labours et il avait mis de côté l'autre, avec l'intention de les planter plus tard. Maintenant, il emportait un sac de maïs attaché à sa ceinture, et tout en labourant, il semait des grains de maïs dans le sillon ouvert à côté de la pointe du soc. La charrue retournait une bande de terre par-dessus. Le maïs allait se frayer une voie au travers des racines d'herbes emmêlées et on verrait surgir un champ de maïs.

Un jour, ils auraient du maïs frais pour leur déjeuner. Et l'hiver prochain, il resterait du maïs séché pour servir de fourrage à Pet et à Patty.

Un matin, Marie et Laura lavaient la vaisselle, pendant que Maman faisait les lits. Elle chantonnait doucement pour elle-même, tandis que Laura et Marie parlaient du potager. Laura disait qu'elle préférait les pois à tout, et Marie, les haricots. Tout à coup, la voix de Papa leur parvint. Il parlait fort et il était en colère.

Maman se dirigea rapidement vers la porte. Laura et Marie se coulèrent de chaque côté d'elle et risquèrent un coup d'œil au dehors.

Papa revenait du champ avec Pet et Patty, qui tiraient la charrue derrière elles. M. Scott et M. Edwards accompagnaient Papa et M. Scott lui parlait sur un ton pressant.

— Non, Scott! lui répondit Papa. Je ne resterai pas ici pour en être chassé par les soldats comme un hors-la-loi. Si certains de ces maudits politiciens de Washington n'avaient pas fait courir le bruit qu'on pouvait parfaitement s'installer ici, je n'aurais jamais pénétré de cinq kilomètres à l'intérieur du Territoire indien. Mais je n'attendrai pas que les soldats nous délogent. Nous allons nous en aller tout de suite!

— Qu'y a-t-il, Charles? Où allons-nous aller? lui demanda Maman.

— Du diable, si je le sais! Mais nous allons le faire. Nous partons d'ici! affirma Papa. Scott et Edwards sont venus me dire que le gouvernement envoyait les soldats pour nous expulser, nous, les colons blancs du Territoire indien.

Il avait le sang au visage et ses yeux lançaient des éclairs bleus. Laura était effrayée. Elle n'avait jamais vu Papa dans un état pareil. Elle se réfugia contre Maman et se pressa contre elle en silence, tout en dévisageant Papa.

M. Scott voulut parler, mais Papa l'interrompit aussitôt :

— Ne gaspillez pas votre salive, Scott. Il est inutile d'ajouter le moindre mot. Vous pouvez rester ici jusqu'à l'arrivée des soldats, si vous voulez. Moi, je m'en vais maintenant.

M. Edwards déclara qu'il allait partir, lui aussi. Il ne resterait pas pour se voir reconduit de l'autre côté de la frontière comme un malpropre.

— Venez avec nous jusqu'à Independence, Edwards, proposa Papa.

Mais M. Edwards lui répondit qu'il n'avait

pas envie d'aller dans le nord. Il allait se construire un bateau et descendre la rivière jusqu'à ce qu'il rencontre un groupe de colons, quelque part dans le sud.

— Vous feriez mieux de venir avec nous, le pressa Papa, puis de descendre à pied à travers le Missouri. C'est une expédition risquée, pour un homme seul, dans un bateau, que de descendre la Verdigris dans une contrée peuplée de tribus sauvages d'Indiens.

Mais M. Edwards objecta qu'il avait déjà vu le Missouri et qu'il disposait d'une bonne quantité de poudre et de plomb.

Alors Papa offrit à M. Scott la vache et le veau.

— Nous ne pourrons pas les emmener, lui dit

Papa. Vous avez été un bon voisin, Scott, et je regrette de vous quitter. Mais nous partirons demain matin.

Laura avait bien entendu Papa, mais elle ne commença à le croire qu'au moment où elle vit M. Scott emmener la vache au bout d'une longe. La gentille vache s'en fut sans protester, une corde passée autour de ses longues cornes, tandis que son veau gambadait et bondissait derrière elle. Ainsi disaient-ils adieu à tout leur lait et à tout leur beurre.

M. Edwards déclara qu'il allait être trop occupé pour pouvoir revenir les voir. Il serra la main de Papa et lui dit :

— Adieu, Ingalls, et bonne chance.

Il serra la main de Maman et lui dit :

— Adieu, Madame. Je ne vous reverrai plus, vous et les vôtres, mais je n'oublierai jamais votre gentillesse.

Il se tourna alors vers Marie et Laura et leur serra la main, comme si elles avaient été des grandes personnes.

— Adieu, leur dit-il.

Marie lui répondit poliment :

— Adieu, M. Edwards.

Mais Laura, elle, oublia d'être bien élevée. Elle s'écria :

— Oh, M. Edwards! Je voudrais bien que vous ne partiez pas! Oh, M. Edwards, merci,

merci beaucoup d'avoir fait tout ce chemin jusqu'à Independence et d'être allé voir le Père Noël pour nous.

Les yeux de M. Edwards brillèrent très fort, mais il partit sans ajouter un seul mot.

Papa se mit à dételer Pet et Patty au beau milieu de la matinée. Laura et Marie comprirent alors que tout était bien vrai. Ils allaient vraiment partir d'ici. Maman ne dit rien. Elle retourna dans la maison, regarda la vaisselle qui n'était pas faite, le lit qui n'était qu'à moitié fait, leva les bras au ciel et s'assit.

Marie et Laura se remirent à la vaisselle. Elles firent bien attention de ne pas faire de bruit. Elles se retournèrent vivement en entendant Papa entrer.

Il avait l'air d'être revenu à son état normal. Il apportait le sac de pommes de terre.

— Tiens, Caroline, dit-il, et sa voix avait son timbre habituel. Fais-nous en cuire une bonne quantité pour le déjeuner. Nous nous sommes passés de pommes de terre et nous les avons gardées pour la semence. Eh bien, maintenant, nous allons les manger !

Ils déjeunèrent donc ce jour-là de pommes de terre de semence. Elles étaient très bonnes et Laura comprit alors à quel point Papa avait raison quand il déclarait : « Il n'y a pas de grande perte sans quelque petit profit. »

Après le déjeuner, il enleva les arceaux du chariot des crochets auxquels ils étaient pendus dans l'étable. Il les posa sur le chariot — un montant de chaque arceau glissé dans son étrier de fer d'un côté du chassis, le montant opposé de l'autre. Quand tous les arceaux eurent été dressés à leur place, Papa et Maman tendirent la bâche par-dessus, puis ils la fixèrent solidement. Papa tira alors la corde de l'arrière jusqu'à ce qu'elle soit bien froncée et qu'il ne demeure plus qu'un petit trou rond, au centre.

Le chariot bâché était maintenant tout prêt à être chargé, le lendemain matin.

Tout le monde fut très silencieux, ce soir-là. Jack lui-même sentit qu'il se passait quelque chose d'anormal et il vint se coucher auprès de Laura, quand celle-ci se glissa dans son lit.

Il faisait désormais trop chaud pour conserver un feu allumé, mais Papa et Maman prirent place devant la cheminée et contemplèrent les cendres.

Maman poussa un léger soupir et remarqua :

— Voilà toute une année de passée, Charles.

Papa lui répondit sur un ton enjoué :

— Mais qu'est-ce que c'est qu'une année? Nous avons tout le temps du monde devant nous.

CHAPITRE 26

LE DÉPART

Après le petit déjeuner, le lendemain matin, Papa et Maman chargèrent le chariot.

En premier lieu, tout le matériel de couchage fut réparti en deux lits, posés l'un au-dessus de l'autre au fond du chariot, et soigneusement recouverts d'une jolie couverture écossaise. Marie, Laura et Bébé Carrie s'y installeraient dans la journée pour voyager. Le soir, le lit du dessus serait tiré à l'avant du chariot pour que Papa et Maman y dorment. Et Marie et Laura dormiraient dans le lit du dessous, qui

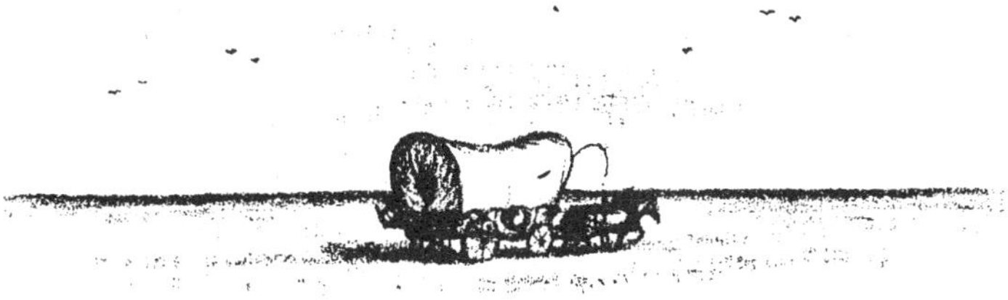

ne bougerait pas de la place qu'il occupait.

Ensuite, Papa démonta le petit placard du mur et Maman y rangea les provisions et la vaisselle. Papa installa le placard sous le siège du chariot et il posa devant un sac de maïs destiné aux chevaux.

— Ça va te faire un bon appui pour les pieds, fit-il remarquer à Maman.

Maman rangea tous les vêtements dans deux sacs en tapisserie, que Papa suspendit aux arceaux, à l'intérieur du chariot. En face, il accrocha son fusil par la bretelle, et au-dessous, son sac à balles et sa corne à poudre. Il posa le violon dans sa boîte à un bout du lit, pour qu'il voyage en douceur.

Maman enveloppa la poêle noire, la marmite et la cafetière dans des sacs, avant de les déposer dans le chariot, cependant que Papa fixait le fauteuil à bascule et le baquet à l'extérieur, puis pendait le seau à eau et le seau des chevaux au-dessous. Il déposa enfin soigneusement la lanterne sourde à l'avant du chariot, dans un coin où le sac de maïs la maintiendrait d'aplomb.

A présent, le chariot était chargé. La seule chose qu'ils n'emporteraient pas, c'était la charrue. On n'y pouvait rien : il ne restait plus de place pour elle. Quand ils arriveraient à destination, Papa se procurerait d'autres fourrures pour les troquer contre une autre charrue.

Laura et Marie montèrent dans le chariot et allèrent s'asseoir sur le lit, au fond. Maman installa Bébé Carrie entre elles. Elles étaient toutes les trois bien lavées et bien peignées. Papa déclara qu'elles étaient fraîches comme des roses et Maman leur dit qu'elles étaient propres comme des sous neufs.

Papa attela alors Pet et Patty au chariot. Maman grimpa à sa place et prit les rênes. Laura eut envie de voir une fois encore la maison. Elle demanda à Papa s'il voulait bien lui permettre de la regarder. Il relâcha donc la corde à l'arrière de la bâche pour laisser une grande ouverture ronde. Laura et Marie pourraient regarder par derrière, tandis que la corde retiendrait assez de toile pour empêcher Bébé Carrie d'aller rouler sur la mangeoire.

La confortable maison de rondins avait l'aspect qu'elles lui avaient toujours connu. Elle ne paraissait pas savoir qu'ils s'en allaient. Papa s'immobilisa un instant sur le seuil et jeta un regard circulaire sur l'intérieur. Il vit le bois de lit, la cheminée, les vitres aux fenêtres. Puis il referma la porte avec soin, laissant le cordon pendre au-dehors.

— Quelqu'un aura peut-être besoin d'un abri, un jour, dit-il.

Il se percha à côté de Maman, rassembla les rênes entre ses mains, puis, d'un claquement de langue, fit partir Pet et Patty.

Jack alla se placer sous le chariot. Pet hennit pour appeler Bunny, qui vint se ranger près d'elle. Et ce fut le départ.

A l'endroit où le chemin de la rivière descendait dans la vallée, Papa arrêta les mustangs et tous jetèrent un regard arrière.

Aussi loin qu'ils pouvaient voir, vers l'est, le sud ou l'ouest, rien ne bougeait dans toute l'immensité de la Haute Prairie. Seule, l'herbe verte ondoyait sous le vent et des nuages blancs dérivaient dans le grand ciel clair.

— C'est un beau pays, Caroline, dit Papa. Mais il y aura longtemps encore des Indiens farouches et des loups ici.

La petite maison et la petite étable se dressaient, solitaires, au milieu de ce grand espace.

Pet et Patty repartirent alors d'un bon pas. Le chariot s'engagea dans la pente qui menait au fond boisé de la vallée. A la cime d'un arbre, un oiseau moqueur se mit à chanter.

— Je n'ai jamais entendu un oiseau moqueur chanter si tôt, dit Maman.

Papa lui répondit à voix basse :

— Il nous dit adieu.

Ils franchirent les collines basses avant d'atteindre la rivière. L'eau était basse, au gué, et ils eurent une traversée facile.

Ils traversèrent l'autre moitié de la vallée et virent des cerfs mâles, portant leurs bois, qui se levaient pour les regarder passer, tandis que les biches et les faons bondissaient se mettre à l'abri des bosquets. Puis le chariot monta entre les parois abruptes de terre rouge, ouvertes dans l'autre versant, et il regagna le niveau de la Haute Prairie.

Pet et Patty avançaient avec ardeur. Le bruit de leurs sabots, assourdi dans le fond de la vallée, sonnait clair sur le sol dur de la prairie, à présent, et le vent chantait d'une voix aiguë quand il rencontrait les arceaux de l'avant du chariot.

Papa et Maman gardaient le silence. Marie et Laura se taisaient aussi. Laura, pourtant, se sentait toute excitée au fond d'elle-même. On ne savait jamais ce qui pouvait arriver, ni où l'on serait demain, quand on voyageait dans un chariot bâché, pensait-elle.

A midi, Papa fit halte près d'une petite source pour permettre aux mustangs de manger, de boire et de se reposer. La source serait bientôt mise à sec par la chaleur de l'été, mais pour le moment, elle fournissait de l'eau douce en abondance.

Maman sortit de la viande et des biscuits de maïs froids de la caisse à provisions, et ils mangèrent tous assis dans l'herbe neuve, à l'ombre du chariot. Ils burent l'eau de la source, puis Laura et Marie coururent dans les herbes pour cueillir des fleurs des champs, pendant que Maman rangeait la caisse à provisions et que Papa attelait à nouveau Pet et Patty.

Ils roulèrent ensuite très longtemps à travers la prairie. Il n'y avait rien d'autre à voir que l'herbe qui dansait, le ciel, et l'immuable trace, laissée par leur chariot. De temps à autre, un lapin détalait en bondissant. Parfois, une poule des prairies et sa couvée de poussins des prairies couraient se cacher dans l'herbe. Bébé Carrie dormait. Marie et Laura étaient sur le point de s'endormir aussi, quand elles entendirent Papa signaler :

— Il y a quelque chose d'anormal, là-bas.

Laura fut debout d'un bond. Au loin, sur la prairie, elle aperçut une petite bosse de couleur claire. Elle ne voyait rien d'autre qui sortît de l'ordinaire.

— Où ça ! demanda-t-elle à Papa.

— Là-bas, dit Papa, en indiquant la bosse d'un signe de tête. Ça ne bouge pas.

Laura ne dit plus rien. Elle ne quitta plus la bosse des yeux et s'aperçut qu'il s'agissait d'un chariot bâché. Peu à peu, il grossit. Elle vit qu'il n'y avait pas d'attelage de chevaux. Rien ne bougeait alentour. Enfin, elle découvrit une tache sombre sur l'avant du chariot.

Cette tache sombre était due à la présence de deux personnes, assises sur la flèche. C'étaient un homme et une femme. Ils fixaient le sol, à leurs pieds, et ne relevèrent la tête qu'au moment où Pet et Patty s'arrêtaient devant eux.

— Qu'est-ce qui ne va pas? Où sont vos chevaux? demanda Papa.

— J' n'en sais rien, répondit l'homme. Je les ai attachés au chariot, hier soir, et ce matin, ils n'étaient plus là. Quelqu'un avait coupé les cordes et les avait emmenés pendant la nuit.

— Et votre chien? s'enquit Papa.

— Nous n'avons pas d' chien, fit l'homme.

Jack demeura sous le chariot. Il ne gronda pas, mais il ne sortit pas non plus. C'était un chien intelligent. Il savait comment se comporter en présence d'étrangers.

— Eh bien, vos chevaux sont partis pour de bon, constata Papa. Vous ne les verrez plus jamais. La pendaison, c'est une punition trop douce, pour les voleurs de chevaux.

— Oui, approuva l'homme.

Papa se tourna vers Maman et Maman hocha imperceptiblement la tête. Papa reprit alors :

— Montez avec nous, jusqu'à Independence.

— Non, répondit l'homme. Tout ce que nous possédons se trouve dans ce chariot. On ne l' quittera pas.

— Enfin, mon vieux! Qu'est-ce que vous allez

faire? s'exclama Papa. Il ne passera peut-être personne par ici durant des jours, sinon des semaines. Vous ne pouvez pas rester là.

— Je n' sais pas, dit l'homme.

— On restera dans notre chariot, déclara la femme.

Elle fixait ses mains réunies dans son giron et Laura ne pouvait deviner son visage. Elle ne voyait que le côté de sa capeline.

— Vous feriez mieux de nous accompagner, leur répéta Papa. Vous pourriez revenir chercher votre chariot.

— Non, dit la femme.

Ils n'abandonneraient pas leur chariot. Tout ce qu'ils possédaient au monde s'y trouvait. Alors, Papa reprit la route et les laissa, assis là, sur la flèche de leur chariot, tous seuls, perdus dans la prairie.

— Des pieds tendres! murmura Papa, pour lui-même. Tout ce qu'ils ont au monde et pas de chien pour le garder. N'a même pas monté la garde lui-même. Et ses chevaux attachés avec des cordes! renifla-t-il, avec mépris. Des pieds tendres! On n' devrait pas les lâcher seuls à l'ouest du Mississipi.

— Voyons, Charles! Que vont-ils devenir? s'inquiéta Maman.

— Il y a des soldats, à Independence, lui dit Papa. Je vais le signaler au capitaine et il enverra des hommes pour les ramener. Ils tiendront bien jusque-là. Mais c'est une sacrée chance, pour eux, que nous soyons passés par-là. Sinon, qui sait quand ils auraient été retrouvés?

Laura regarda ce chariot solitaire jusqu'au moment où il ne fut plus qu'une petite boule sur la prairie. Puis il ne fut plus qu'un point. Enfin, il disparut.

Tout le reste du jour, Papa roula sans s'arrêter. Ils ne rencontrèrent personne d'autre.

Au moment où le soleil se couchait, Papa fit halte près d'un puits. Il y avait eu là une maison, autrefois, mais elle avait brûlé. Le puits était plein de bonne eau. Laura et Marie ramassèrent des morceaux de bois à demi consumés pour faire le feu, tandis que Papa dételait les chevaux, les abreuvait et les mettait à l'attache. Papa descendit ensuite le siège du chariot et sortit la caisse à provisions. Le feu brûlait admirablement et Maman prépara vivement le dîner.

Tout recommençait comme avant la construction de la maison. Papa, Maman et Carrie étaient assis sur le siège du chariot; Laura et Marie sur la flèche. Ils avalèrent un bon dîner bien chaud, cuit sur le feu de camp. Pet, Patty et Bunny broutaient de la bonne herbe et Laura mettait de côté des petits morceaux pour Jack, qui ne devait pas mendier, mais qui mangerait à sa faim, dès que le dîner serait terminé.

Puis le soleil sombra, très loin à l'ouest, et il fut temps de faire les préparatifs pour la nuit.

Papa attacha Pet et Patty à la mangeoire, derrière le chariot. Il attacha Bunny sur le côté. Il leur apporta à tous une ration de maïs. Il revint alors s'asseoir près du feu et fumer sa pipe, pendant que Maman bordait Marie et Laura dans leur lit et couchait Bébé Carrie à côté d'elles.

Elle retourna s'asseoir avec Papa auprès du feu. Papa sortit le violon de sa boîte et se mit à jouer.

« Oh, Susanna, ne pleure pas pour moi » gémit le violon et Papa continua, en chantant :

Je suis allé en Californie,
Ma battée sur les genoux,
Et chaque fois que j'pense à ceux d'chez nous,
Je r'gret' d'êt' venu ici.

Papa s'arrêta de chanter pour remarquer :

— Sais-tu, Caroline, je ne peux pas m'empêcher de penser combien les lapins vont s'amuser quand ils mangeront les légumes du jardin que nous avons planté.

— N'y pense pas, Charles, le pria Maman.

— Ça n'a pas d'importance, Caroline! lui dit Papa. Nous ferons un meilleur jardin. De toutes manières, nous emportons plus de choses du Territoire indien que nous en avons apportées.

— Je ne sais vraiment pas quoi ! dit Maman.

— Voyons, il y a le mulet ! répondit Papa.

Maman partit à rire. Papa et son violon se remirent à chanter.

Au pays de Dixie, je résisterai à l'ennemi,
Et vivrai et mourrai pour Dixie !
Là-bas, là-bas, là-bas, là-bas,
Là-bas, dans le Sud, pour Dixie !

Ils chantaient en marquant un rythme si endiablé que Laura faillit sauter au bas du lit. Il lui fallait rester tranquille pour ne pas réveiller Carrie. Marie dormait, elle aussi, mais Laura n'avait jamais été aussi éveillée.

Elle entendit Jack se faire un lit sous le chariot. Il tourna plusieurs fois en rond sur lui-même, pour piétiner l'herbe. Puis il se laissa tomber dans ce nid rond et se roula en boule avec un soupir de satisfaction.

Pet et Patty avalaient la fin de leur maïs et remuaient leurs chaînes. Bunny s'était couché le long du chariot.

Ils étaient tous ensemble, en sécurité, bien confortables, prêts à passer la nuit sous le vaste ciel clouté d'étoiles. Une fois encore, le chariot bâché leur servait de foyer.

Le violon se mit à jouer une marche et la voix bien timbrée de Papa résonna dans l'air comme un bourdon.

Et nous nous rallierons autour du drapeau,
mes garçons,
Une fois encore, nous nous rallierons,
En poussant notre cri de guerre : Liberté !

Laura eut l'impression qu'elle devait, elle aussi, pousser ce cri de guerre. Mais à pas feutrés, Maman vint jeter un coup d'œil dans le chariot, par l'ouverture ronde de l'arrière.

— Charles, dit-elle. Laura est franchement réveillée. Elle ne pourra pas s'endormir au son d'une musique comme celle-là.

Papa ne répondit pas, mais la voix du violon changea. Douce, liant les sons, elle adopta un rythme lent, balancé, qui donna à Laura l'illusion d'être bercée.

Elle sentit ses paupières se fermer. Elle se mit à dériver sur des vagues infinies d'herbes de la prairie, tandis que la voix de Papa l'accompagnait en chantant :

Ramons, ramons toujours, sur les flots bleus,
Vogue comme la plume, notre canot de gommier,
Il glisse, léger, mon amour, sur la mer,
Et de jour et de nuit, vers toi volent mes pensées.

TABLE DES MATIÈRES

Cet
ouvrage,
le cent vingtième
de la collection
CASTOR POCHE,
a été achevé d'imprimer
sur les presses de l'imprimerie
Maury Eurolivres
Manchecourt - France
en octobre 2002

*Cet ouvrage a été composé
par les éditions Flammarion*

Dépôt légal : février 1998.
N° d'édition : 4357. Imprimé en France.
ISBN : 2-08-164357-X
ISSN : 0763-4544
Loi n° 49-956 du 16 juillet 1949
sur les publications destinées à la jeunesse